国际大奖儿童文学
INTERNATIONAL AWARD-WINNING CHILDREN'S LITERATURE

国际大奖儿童文学

胡桃夹子

［德］E.T.A. 霍夫曼 著
欣然 编译　豆豆鱼 绘

科学普及出版社
·北京·

前 言

随着年龄的增长,人会越来越需要阅读,不只是因为在现实世界中我们需要不断进行知识升级,更是因为我们需要故事。故事是精神的食粮,使我们不致荒芜地走完人生的旅程。一个人的所有经历,从成为回忆的那刻起,便成为这个人独有的故事。我们在阅读故事时,会笑,会敬畏,会充满激情地去行动,会想改变什么,会更加了解人之为人的原因。

我们可以通过阅读一本本经典之作,了解别人的故事,反思我们自己的人生。阅读让我们不必亲身经历苦难而知道苦难。阅读也可以让我们重构过去,塑造现在,面向未来。对于孩子来说,也是如此。

他们的喜怒哀乐,可以通过阅读找到共鸣,获得抚慰。

一个人在七八岁,或者更早一些的年纪,捧起第一本满篇都是文字的书,这便是独立阅读的开始。如果这本书是世界经典作品，那么它将告诉孩子，在哺育他的文化背景之外，还有另外一种文化。除了他看到的、想到的，还有一个人用另一种视角、另一种思想看待和理解我们这个世界。这种美妙的阅读体验，有时会被难以理解的词汇和拗口的语句阻碍，有时会被个人有限的知识束缚，有时会被过长的篇幅和未养成的阅读习惯牵制……

为了避免给孩子带来以上问题，在编译这套"国际大奖儿童文学"书系时，我们邀请了一线教研人员和儿童文学作家，一遍遍打磨本书系的语言，最大限度地让书中的语句形象生动、明白晓畅。让孩子在脱离父母、老师辅助的第一次自主阅读时，不但能自己读懂，还能在头脑中形成画面，领悟原著的精髓，领略文字的魅力，带来想象力的提升。

为了将绘本阅读带来的美好体验和审美习惯延伸进自主阅读中，本书系中的每个分册都加入了大量的精美插图，帮助孩子理解故事，增加阅读趣味。当然，本书系也十分适合亲子共读。父母不仅是孩子的长辈，也是孩子的朋友。共同阅读一本经典作品，可以更好地促进良好亲子关系的形成。或许，在与孩子讨论某个人物、某个片段时，孩子的独到见解，也能令父母再次成长。又或许，在听孩子复述一个个故事、描绘一位位主人公时，父母会惊讶于孩子表达能力的提高，以及他们情感的丰富与细腻。

阅读让我们了解其他人的观念与思想，让不同的人拥有互通的语境。在这个背景下，我们有了沟通的桥梁，能够更好地给予理解，产生共鸣。希望本书系能成为孩子成长的多功能桥梁，而不局限于阅读一个方面，这也是本书系出版的初衷。

目 录

001 第一章
圣诞前夜

008 第二章
圣诞礼物

019 第三章
爱的守护

028 第四章
怪事不断

045 第五章
生死决战

055 第六章
病倒了

065 第七章
硬坚果童话

076 第八章
硬坚果童话(续)

第九章　085
硬坚果童话(结局)

第十章　101
叔叔与侄子

第十一章　109
最后的胜利

第十二章　126
人偶王国

第十三章　136
王国都城

第十四章　152
结尾

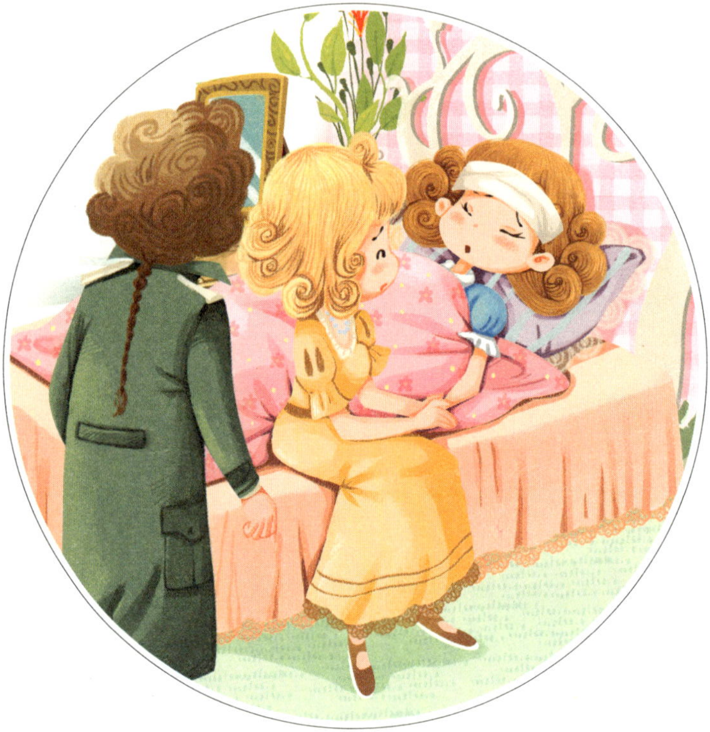

第一章
圣诞前夜

12月24日悄然而至,这一整天,医务顾问施塔尔鲍姆家的两个可爱的孩子都必须乖乖的,他们不能走进华丽的大客厅,也被禁止进入客厅旁边的那个小房间。

暮色越来越深。这时,弗里茨和玛丽正彼此依偎,蜷缩着小小的身子躲在后面小屋的一个角落里。屋内没有点灯,光线微弱,无形中多了一丝恐怖的气息。黑暗像个沉默的怪兽,似乎越变越大,两个孩子感到紧张和害怕。

弗里茨凑到刚满七岁的妹妹耳边,特意压低声音神秘兮兮地告诉她:一大早他就听到那个上了锁的房间不时传出喊喊喳喳的声音,中间似乎还夹杂着一阵轻轻的敲击声。没过一会儿,他又看到一个身穿黑衣的矮个子男人从走廊经过。那男人腋下夹着一个大箱子,走起路来蹑手蹑脚的，生怕弄出一点儿声响，样子奇怪极了。弗里茨清楚，这个人不是别人，正是教父德劳瑟迈耶。

玛丽一听，激动得直拍手："太好啦！我猜德劳瑟迈耶教父肯定又给咱们做了什么好玩的东西！还真是期待呢！"

高等法院顾问德劳瑟迈耶教父几乎没有任何美男子的特质。他身材矮小，面容清瘦，干巴巴的脸上爬满了深深浅浅的皱纹。他右眼有疾，总是戴着一个黑黑的眼罩，头发也早就掉光了，所以平日里出门不得不戴一顶白色的假发。那顶漂亮的假发是玻璃丝制成的，做工相当不错，让他看起来精神不少。事实上，德劳瑟迈耶教父最大的特点是心灵手巧，精通维修和制作各种钟表。自然而然，每当施塔尔鲍姆家的钟表出现"罢工"或不再唱歌的情况，他们都会请德劳瑟迈耶教父来帮忙修理。德劳瑟迈耶教父赶到后，通常先不慌不忙地摘下玻璃丝假发，脱掉身上的那件黄色外套，系上他的工作服——一条蓝色围裙，再开始有条不紊地进入工作状态。每每看到德劳瑟迈耶教父拿着尖尖的工具在钟表里这儿戳戳、那儿捅捅，小玛丽就觉得受伤的是自己，没来由地浑身疼。不过，令人惊喜的是，那些钟表不但不会有丝毫损伤，反而能很快"复活"，重新嗡嗡转动起来，唱起各种动听的"歌曲"，再一次让大家的脸上挂满笑容。

德劳瑟迈耶教父每次来家里,都会在自己的衣服口袋里藏些漂亮新奇的小礼物,送给可爱的孩子们:这次是眼睛会动、可以行礼的小人偶,滑稽又有趣;下次可能是一个特别的盒子,打开盖子,里面会有意想不到的惊喜等着你,比如突然跳出一只小鸟;再下次又可能会是别的有意思的东西……特别是每年圣诞节来临之前,德劳瑟迈耶教父都要挖空心思,耗费巨大的精力制作出一件绝美的艺术品送来,以表祝福。正是因为这样,爸爸妈妈一收到这种贵重的礼物,就会立刻小心翼翼地珍藏起来,生怕它们有一丁点儿的损伤。

"哎!这次德劳瑟迈耶教父会给咱们做什么好东西呢?"玛丽眨巴着眼睛说道,恨不得立刻就知道答案。这时,一旁的弗里茨推断:"今年的礼物多半是座精美的手工城堡,里面应该有穿着制服的士兵,他们个个身姿挺拔、英武帅气,正排着整齐的队形在精神抖擞地训练。之后,外面来了另一队士兵,企图攻占这座城堡。堡内的士兵哪里肯坐以待毙,立刻架起大炮发动猛烈攻势,想要将敌人赶走。一时间,城堡内外硝烟弥漫,被轰隆隆的巨响笼罩,四处都是喊杀声。"

玛丽听罢,忍不住反驳哥哥:"不!不!德劳瑟迈耶教父曾跟我提过,他会送一座又大又漂亮的花园给我们!这次的礼物说不定就是它!想想看,花园里有一个大大的湖泊,湖水澄澈透明,湖面上

游动着一群姿态优雅的天鹅。每只天鹅的脖子上都有一个金项圈,闪闪发亮。它们抬颈轻鸣,一边纵情吟唱,一边翩跹曼舞。对了,花园里还有一个可爱漂亮的小姑娘,她来到湖畔,把那些天鹅都吸引到自己身边,喂它们吃甜甜的杏仁糖。"

"天鹅根本就不吃杏仁糖!"弗里茨闻言,撇撇嘴,出口反驳道,"况且,德劳瑟迈耶教父怎么可能造出一整座花园?这一点儿也不现实!话说回来,德劳瑟迈耶教父送的礼物其实不算多,加上大部分都会第一时间被爸爸妈

妈拿走收藏,所以相比而言,我更喜欢爸爸妈妈送的圣诞礼物,因为至少我们可以自己保管它们,想怎么玩都可以。"

就这样,两个可爱的小家伙你一言我一语,一会儿一个想法,猜着今年圣诞节可能会收到什么样的礼物。玛丽说,她的大娃娃"特鲁德小姐"最近不知怎么了,笨得要命,常常摔倒,有几次还掉在地上,把脸和衣服都弄得脏兮兮的,就像个灰头土脸的小花猫。可无论自己怎么责备它,都起不到任何效果。另外,她还注意到,近来妈妈似乎对她的另一个娃娃"格蕾特小姐"格外关注，每当看到它的小太阳伞时，妈妈的脸上就会不自觉地露出微笑，这可能就是有关圣诞礼物的某种信号。弗里茨可不这么想，他坚定地认为，自己的"宫廷马厩"里正缺一匹矫健的栗色马，就像他的军队缺乏战斗力超群的骑兵一样。爸爸对此可是一清二楚的！

事实上，兄妹俩也知道爸爸妈妈早已经把精美的礼物准备好了，或许此刻他们正忙着商量怎么摆放它们呢。两个小家伙明白，每一件圣诞礼物都代表着祝福，散发出神秘耀眼的光辉，带给人难以名状的幸福和快乐。噢，对了，今年圣诞节担当扮演圣诞老人重任的，是两个孩子的姐姐露易丝。她深知两个小家伙会对礼物猜来猜去，所以早早就提醒过他们：圣诞老人比孩子更了解他们喜欢什么礼物，哪些礼物能给他们带来真正的快乐，所以他会借慈爱的父母之手送出相应的礼物。姐姐还说，他们不必在这件事上过于忧心，只要静静等待就可以了。

玛丽在一旁若有所思，半天没说话，不知道在想些什么。弗里茨则自顾自地小声嘀咕："礼物要是一匹栗色马和几名匈牙利轻骑兵就好了！那我一定会高兴得睡不着觉！"

慢慢地，天完全黑了，伸手不见五指，且安静得可怕。弗里茨和玛丽下意识地朝对方靠了靠，便再也不敢吭声了。就在他们觉得时间无比漫长的时候，周围突然出现了沙沙声，感觉像是有翅膀在轻轻拂动。紧接着，又不知从哪儿传来一阵阵美妙动听的音乐声。弗里茨和玛丽还没来得及有所反应，一道刺眼的强光忽然从墙壁上一闪而过。两个孩子马上意识到，刚刚是金发天使从这里经过！现在，金发天使应该乘着绚烂的五彩云朵到其他幸福的孩子们那儿去了。

片刻之后，银铃晃动起来，发出丁零丁零的清脆悦耳的声响。与此同时，房门被打开，原本黑黑的小屋一下变得亮堂堂的，强烈的光线照进来，竟让人有些睁不开眼。两个孩子站在门槛边，情不自禁地大喊："啊——啊——"然后他俩便愣在了那里，不知所措。爸爸妈妈见状，暖暖一笑，赶忙走进屋内，拉起两个孩子的手，说："可爱的孩子们！来呀！来呀！快瞧瞧金发天使给你们送来了什么礼物！"

· 第二章 ·
圣诞礼物

　　各位亲爱的读者或听众，你或许是弗里茨，或许是台奥多，或许是恩斯特，亦或许叫其他什么名字，无论你是谁，此刻请你默默闭起眼睛，努力回想去年圣诞节你站在堆满各种精美礼物的桌子前的情景。这样，你就能体会到弗里茨和玛丽此时此刻最真实的感受了。不难想象，两个小家伙先是两眼放光，呆呆地立在那儿，沉默了好半天才回过神来，发出一连串的赞叹声："哇！真漂亮啊！哇！好美呀！我们不是在做梦吧？！"弗里茨激动坏了，接连蹦了好几下，或许人在高兴时就应该如此率性而为，至少他很喜欢这样表达自己的情绪。在过去的一年间，两个孩子一定非常虔诚、听话，做起事来认认真真，不然他们怎么会收到这么多精致又特别的礼物呢！要知道，往年他们可没有这样的高规格待遇！

　　只见客厅中央立着一棵高大粗壮的圣诞树，上面挂满了光灿灿的金苹果、银苹果，十分耀眼；散发着香味的杏仁糖、五颜六色的小糖果以及各种小零食点缀其中，宛若娇艳的花蕾和花朵，让人移不开视线，垂涎欲滴；最特别的是，这棵圣诞树的枝杈上还放置了许多的小蜡烛，一亮一暗频频闪烁，像是不停"眨眼"的繁星。一眼望去，整棵圣诞树都在发光，它似乎正以这种方式向两个孩子发出友好的邀请，让他们尽情去摘取上面的"果实"和"花朵"。

圣诞树周围堆满了色彩鲜艳、赏心悦目的礼物，多么美好的场景啊！怎么说呢？这种美根本没法用语言准确描述出来！玛丽向前走了几步，不经意间看到了几个小巧的娃娃和各式各样精致的摆件，一条挂在衣架上的丝绸连衣裙牢牢锁住了她的目光。那条裙子上装饰着许多亮亮的小彩带，在烛光的映衬下显得格外绚丽。玛丽噔噔噔几步跑上前，围着裙子细细打量。她上看下看、左看右看，一边欣赏一边赞叹："天哪！好漂亮啊！这条连衣裙真是又漂亮又可爱！我相信——对我来说它一定非常合身！没错！穿上它我肯定能变成美丽的小公主！"想到这儿，玛丽脸上的笑容更甜了。

与此同时，弗里茨已经在礼物桌旁发现了一匹新的、戴着马笼头的栗色木马。这不正是他梦寐以求的礼物吗？弗里茨高兴坏了，二话不说跃上马背，骑着木马一会儿狂奔，一会儿小跑，玩得不亦乐乎，前前后后在屋里转了好几圈才停下来。下马时，弗里茨心想：

"看样子这是匹野马,还挺凶,不过还好,至少它不会咬人!这匹栗色木马很合我的心意!真不错!"接下来,弗里茨开始饶有兴致地端详那队雄赳赳的匈牙利轻骑兵。骑兵们器宇轩昂,个个身穿红色、金色相间的制服,佩带着银光闪闪的武器,还骑着身姿矫健的高头大马。那些战马通体雪白,浑身泛着亮亮的光,让人觉得它们都是用纯银打造的。总之,整支队伍看起来气势雄浑,颇有威仪。

兄妹俩这儿瞧瞧,那儿看看,折腾了半天总算安静下来了,可谁知,转眼他们又跑去欣赏已经摊开的图画书了。书上的花朵

姹紫嫣红，娇艳欲滴，仿佛散发着醉人的香气；人们穿着形形色色的衣服，举止神态不仅非常自然，而且特别灵动；活泼好动的孩子们正在快乐地做着游戏，你追我赶，好不热闹。书中的一切被刻画得那么栩栩如生，惟妙惟肖，简直就像真的一样，有时你甚至有一种能听见他们说话的错觉！对，就是这样。

当兄妹俩想继续欣赏图画书时，悦耳的银铃声却再度响起：丁零——丁零——"啊！肯定是德劳瑟迈耶教父！他来给我们送礼物了！快走！快走！"弗里茨和玛丽一听，立刻起身，快步跑向靠墙的那张桌子做好准备。

兄妹俩刚站定，桌子前一把撑开的伞就被拿走了。下一秒，德劳瑟迈耶教父忽然出现在他们的视线里！原来教父一直躲在伞后面，真是想不到！

那么，接下来会有什么惊喜？孩子们会看到什么呢？

绿草如茵的草地上，散落着随风而动的五颜六色的小花，恍若星辰在眨眼。草地中间是一座宫殿，上面有许多如镜子般明亮洁净的窗子，以及闪耀着金光的别致塔楼。随着钟楼里的吊钟声悠然响起，原本紧闭的宫殿门窗接连打开，宫殿大厅的景象顿时展现在眼前：一群衣着华丽的小人儿走来走去，男男女女都有，那些先生们身姿挺拔，气质儒雅；女士们戴着羽毛帽子，穿着拖地长裙，容光焕发。宫殿中央的大厅完全沐浴在一片柔光里，厅中挂满了银色的树枝形吊灯，"树枝"上是大大小小的点燃的蜡烛，跳动的火焰把大厅映衬得红红的、亮亮的，美极了。一群穿着紧身上衣和小短裙的孩子们正伴着吊钟钟声的节奏兴奋起舞，舞姿灵活娇俏，煞是可爱。偶尔，还会有个穿祖母绿外套的先生从窗户探出头来，笑着向外挥挥手，可眨眼间又消失不见，没了踪影。宫殿门口处有一位特别的先生，模样很像德劳瑟迈耶教父，不过个头儿却不比兄妹俩爸爸的拇指高多少！他时而出来亲切地打招呼，时而又闲庭信步地走回宫殿，别提多有趣了。

弗里茨将手肘撑在礼物桌上，眼睛眨都不眨地盯着那座宫殿，不愿错过那些小人儿的任何一个动作、表情的细节。看着看着，他的脑子里忽然冒出了一个大胆的念头，于是说："亲爱的德劳瑟迈耶教父，我想到这座宫殿里去参观参观，可以吗？"

德劳瑟迈耶教父听罢，大吃一惊，连连摇头表示这完全不切实际。教父没有错，宫殿连同塔楼加起来都没有弗里茨高，他怎么可能走得进去？弗里茨实在太异想天开了！他的想法看起来多少有点儿愚蠢和荒谬。或许，弗里茨自己也意识到了，所以接下来他开始静静地注视宫殿，沉默不语，不知是不是陷入了沉思。

宫殿大厅里的人们仍旧如刚才一般，沉浸在自己的世界里。先生们和女士们脚步不停，来回穿梭；天真烂漫的孩子们跳着轻盈的舞步，脸上洋溢着灿烂的笑容；那个穿着祖母绿外套的先生也还会时不时地从窗户探出头来。但是，当貌似德劳瑟迈耶教父的先生再一次走出宫殿大门时，弗里茨突然爆发了。他语气生硬，不耐烦地问道："德劳瑟迈耶教父，您能让那个男人走另一扇门吗？"

"亲爱的弗里茨，这恐怕也办不到！"教父温声细语地回答。

"不可以？好吧。"弗里茨努努嘴，转而提出了另外一个想法，"那请您让那个穿祖母绿外套的男人走出宫殿，到外面去和其他人散散步、聊聊天吧，他现在的样子简直无聊透了！"

教父再一次摇头，拒绝道："这同样不行！"

话音刚落，弗里茨又高声追问："那么，您总有办法让那些跳舞的孩子走过来吧？我想近距离看一看他们的模样。"

"唉！你说的这些通通不行！"教父面露不悦，明显有些生气了,"你要知道,制作机械装置向来如此,从组装完成的那一刻起,它就只能一直是某种样子,没办法变来变去!"

"真的吗?您——确定?"弗里茨拉长声音说,"什么都改变不了?倘若是这样,德劳瑟迈耶教父,恕我直言,如果那些外表华丽、漂亮的小东西只能终日待在宫殿里,除了重复同样的动作外什么都干不了的话,我想对我来说他们没什么意义,我是不会在他们身上浪费太多时间的。啊!我应该多称赞称赞那些匈牙利轻骑兵才对!他们随时随地服从我的指挥,下令前进他们就前进,下令撤退他们就撤退,而且,他们还不会被关在任何房子里,能去各种地方!比这些'笼中人'不知要有趣多少倍!"

说着,弗里茨蹦蹦跳跳地来到礼物桌前,向那支匈牙利轻骑兵队下达了命令。骑兵们听到命令,立刻跨上威风凛凛的战马,开始了他们的精彩"表演":他们时而全力狂奔,时而紧急转弯,时而迂回前进,时而变换队形,时而击打目标……一系列动作通通不在话下,仿佛行云流水般潇洒自如。

不知什么时候,一旁的小玛丽也悄悄地溜走了。没错,那些只会待在宫殿里跳舞和漫步的小人儿同样让她倍感乏味,她也很快就失去了兴趣。只是,出于礼貌,玛丽并没有表现出来,她可不想像哥哥那样引人注意。

我们的高等法院顾问德劳瑟迈耶教父见此情形,眉头紧锁,脸色变得十分难看,他叹了一口气,对施塔尔鲍姆夫妇说道:"或许是这件艺术品制作得太精巧了,两个孩子现在理解能力有限,恐怕玩不了。既然他们没什么兴趣,那我就把这座宫殿收起来,带回去好了。"说罢,他就要动手收起礼物。

施塔尔鲍姆夫人听后尴尬一笑,急忙走上前,建议德劳瑟迈耶教父将这座奇巧宫殿的内部结构和其中的齿轮传动装置给孩子们展示一下,她觉得两个孩子一定渴望了解人偶是如何移动的。德劳瑟迈耶教父沉思片刻,答应了。接下来,教父一点儿一点儿把完整的宫殿拆成一个个的小零件,然后又依次组装起来,使它恢复了原样。在这个过程中,德劳瑟迈耶教父的心情竟莫名好了起来,他脸上露出淡淡的笑意,最后还送给兄妹俩好几个漂亮的姜饼人①。这些小人偶的面目、手脚都是金黄色的,相当惹眼;衣服则是棕色的,看起来十分特别。更重要的是,姜饼人浑身上下都散发着甜丝丝的味道,让弗里茨和玛丽爱不释手,两个小家伙把姜饼人摆弄来摆弄去,简直高兴得合不拢嘴。

---

① 姜饼人的原产地之一是波兰北部的小城——托伦,那里素以制作姜饼闻名于世,这种烘焙传统的历史相当悠久,距今已经近千年了。

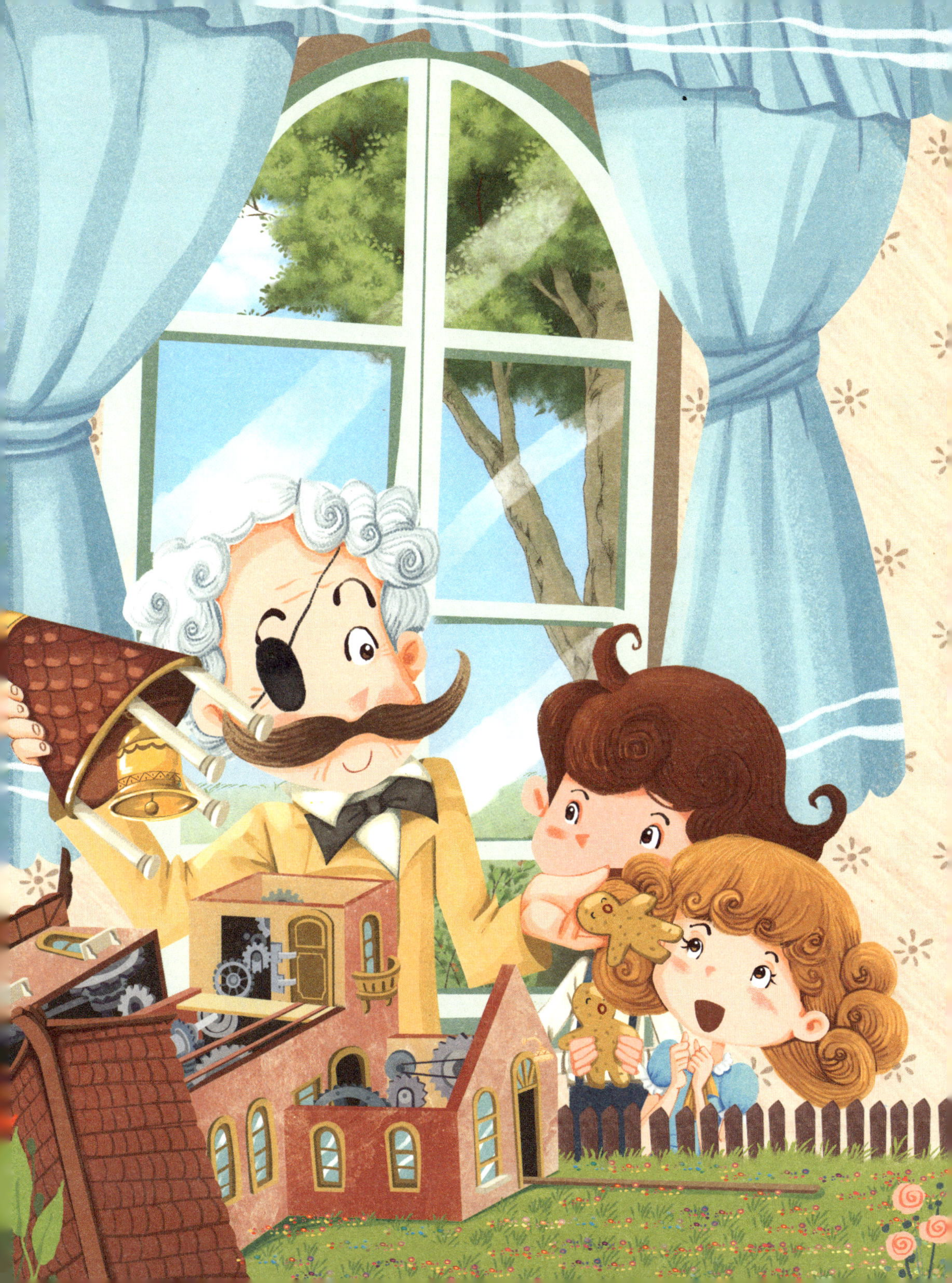

过了一会儿，施塔尔鲍姆夫人将自己特意准备的圣诞礼物——一件优雅漂亮的连衣裙拿出来，送给了姐姐露易丝。露易丝开心得直转圈，立刻决定穿上它。当她穿着连衣裙重新出现在大家的视野中时，所有人都被惊呆了。因为她看起来实在太美了，就如同童话里的高贵公主。但是，当施塔尔鲍姆夫人催促小玛丽也去换上那件专属于她的连衣裙时，玛丽的注意力却集中在其他礼物上，她推托了好半天，愣是没挪动一步。大家没办法，只能无奈地笑笑，随她去了。

第三章
爱的守护

那么，可爱的小玛丽迟迟不肯去换连衣裙，究竟是被什么特别的礼物吸引了呢？原来是一个之前她没有留意过的东西。现在，原本站在圣诞树前的匈牙利轻骑兵队，已经被"指挥官"弗里茨命令到别处执行任务去了，一个有模有样的人偶终于有机会露出了自己真实的面容。他默默无闻地站在那儿，看起来是那么谦逊、安静，就好像在坦然地等待着命运的安排，等着被别人发现一样。当然，单看身材和长相，他似乎不是惹人喜爱的类型：上半身十分粗壮，而且明显过长，两条腿又瘦又细，脑袋还出奇的大，看起来怪怪的。好在一身整洁讲究的着装弥补了许多不足，给他加了不少分，透露着他是一个很有修养和品位的年轻人。具体来说，他上半身穿着一件匈牙利轻骑兵短制服。制服是优雅的紫罗兰色的，前襟上面装饰着一些白色的流苏穗，并有精致的小纽扣做点缀。他的下半身穿的

是一条紧身马裤，脚上蹬着一双极为华丽的小靴子。那靴子是军官或大学生才会挑选的那种经典款式，油亮油亮的，它严丝合缝地把裤腿藏在里面，让人感觉像是画在裤子上的。虽然整套服装帅气又有格调，可稍显滑稽的是，人偶背上还披着一件材质很差的斗篷。斗篷窄窄的，硬邦邦的，简直和木头有的一拼！人偶的头上是顶矿工们才会戴的小小的帽子，着实没什么美感可言。玛丽左瞧瞧右看看，仔仔细细地把人偶打量了好几遍。她心想：平时，德劳瑟迈耶教父也总披着这样一件破斗篷，喜欢戴一顶如此难看的帽子，但他还是一样可爱、善良，对我们每个人都很好。只是，将人偶和教父放到一起对比，她又觉得教父虽然和人偶一样消瘦，可远没有人偶那般漂亮，这是任谁都可以一眼看出来的差距。

没错！早在看到人偶的第一眼，玛丽就情不自禁地喜欢上了这个可爱的小家伙。她眨巴着大眼睛，呆呆地盯着他，迟迟没有动作，如同定格在那里一样。玛丽越端详越觉得人偶由内而外散发着一种神秘的魅力，看上去是那么善良和纯真！他浅绿色的大眼睛微微向外鼓凸，无时无刻不流露出友爱和喜悦之情；下巴周围白棉花般的胡须看起来应该是精心修剪过，每每微笑时，都会使红红的嘴唇和甜美的笑容显得更加惹眼，让人难以忘怀。

"啊！"玛丽突然想到一个关键问题，于是对施塔尔鲍姆先生高声喊道："我亲爱的爸爸，您看到圣诞树旁边的那个小人偶了吗？我想知道他是您准备送给谁的。"

"你说的是那个吗？"施塔尔鲍姆先生指着人偶，不紧不慢地笑着回答，"亲爱的宝贝，他既属于你的姐姐露易丝，同时也属于你和弗里茨。他是全心全意来干活儿的。相信我，这个小家伙可以帮你们咬开各种坚果的壳。"

说着，施塔尔鲍姆先生从圣诞树旁轻轻地拿起人偶，把他身后的木斗篷向上扳开。下一秒，人偶忽地张大嘴巴，露出了里面两排整齐洁白的尖牙。玛丽愣愣地注视着这一幕，明显还有些没反应过来。这时，爸爸示意玛丽拿颗坚果考验考验他。玛丽于是把一颗坚果塞进了人偶的嘴巴，只听"咔嚓"一声，人偶一口就把坚果壳咬碎了，随着果壳的掉落，一枚饱满的透着香甜味儿的果仁掉到了玛丽的手中。

这时，玛丽以及在场的所有人才了解到，这个精致帅气的人偶来自著名的胡桃夹子家族，他们祖祖辈辈都从事着咬坚果的工作。玛丽不禁手舞足蹈，连连欢呼："啊！太棒了！太棒了！"

施塔尔鲍姆先生见状，一脸慈爱地告诉玛丽："亲爱的宝贝，既然你如此喜欢这位胡桃夹子朋友，那么就由你来保管他吧。记住，一定要好好照顾和对待他，别让他受到任何伤害。另外，我刚才也说了，你的姐姐露易丝和哥哥弗里茨都能使用他，他们和你拥有同等的权利。明白吗？"

玛丽高兴坏了，爸爸的话音刚落，她就抱起人偶，蹦蹦跳跳地跑到一边，开始尝试让他开坚果。不过，玛丽很细心，只挑了些小小的坚果给他，以免他把嘴巴张得太大。只是，这对一个胡桃夹子来说，未必是一件好事。

没一会儿，姐姐露易丝来了。她同样需要胡桃夹子为她咬开一些坚果。自始至终，胡桃夹子的脸上都挂着淡淡的笑容，看样子对这份工作非常满意，乐此不疲。

几分钟之后，弗里茨已经对操练匈牙利轻骑兵队失去了兴趣，骑马也骑够了。当听到胡桃夹子"工作"时发出的清脆咔嚓声,他立刻就被吸引了,连跑带跳来到姐妹俩身旁,开始盯着人偶那滑稽的样子嘿嘿发笑。弗里茨当然也想尝尝好吃的坚果,于是接下来的一小段时间里,胡桃夹子忙极了,一直在三人之间被传来传去。就这样,人偶的嘴巴一张一合,压根儿没停下来过。况且,弗里茨一点儿也不懂得爱惜胡桃夹子,总挑又大又硬的坚果往他嘴里塞,结果没过多久,意外就发生了!随着咔吧、咔吧两声异响,三颗洁白的小牙从胡桃夹子口中掉了出来。紧接着,胡桃夹子的下巴也晃晃的,变得松动了。

"天哪!可怜的胡桃夹子!他被你弄坏了!快让我看看!"玛丽惊叫一声,飞快地把胡桃夹子从弗里茨手里夺了过去。

"哼!这个家伙笨拙至极,简直蠢死了!"弗里茨不以为意地摇摇头,"想做胡桃夹子,偏偏连一副结实耐用的牙齿都没有,多可笑!看样子,他连看家本领都没练好呢!玛丽,快把他交给我!我要一直让他咬坚果,绝不能停,直到余下的牙齿全都掉光,还有那个毫无用处的下巴也彻底烂掉才罢休。"

"不给!不给!就不给!"玛丽的眼圈都红了,带着哭腔大喊,"你这个冷血的家伙!我说什么也不会把他给你的!瞧,他正神情悲伤地注视着我！可怜的胡桃夹子，看看他的嘴巴伤得多严重！弗里茨，你不但肆意鞭打你的马，还狠心下令枪毙了士兵！现在你又这么粗鲁地对待胡桃夹子，真是铁石心肠！"

"听我说玛丽，操练兵马的事情你不明白。"面对这番指责，弗里茨也有点儿生气了，忍不住高声大吼，"你要知道，胡桃夹子属于你，同样也属于我！我有权处置他，快把他给我！马上给我！"

玛丽哭得更凶了，眼泪像断了线的珠子啪嗒啪嗒往下掉。她拿出手帕，一边流泪一边小心翼翼地把坏掉的胡桃夹子包了起来。

听到哭声，施塔尔鲍姆夫妇和德劳瑟迈耶教父一起走了过来。令玛丽没有想到的是，德劳瑟迈耶教父得知事情的原委后，竟然袒护弗里茨，站在了哥哥那一边。就在玛丽不知所措时，施塔尔鲍姆先生开口了："我之前就明确表示过，胡桃夹子由玛丽负责保管、照顾。现在大家都看到了，他受了伤，正是最需要保护的时候，所以他的所有权理应全部属于玛丽，谁也不能再对此质疑，说三道四。另外，弗里茨，你可真让我感到意外呀！你居然让一个病人持续为你服务，这太荒谬了！你心里应该清楚，作为一名优秀的指挥官，是不能让已经受伤的士兵继续冲锋陷阵的，难道不是吗？"

弗里茨闻言，默默地低下了头，别提多羞愧了。于是，他不再

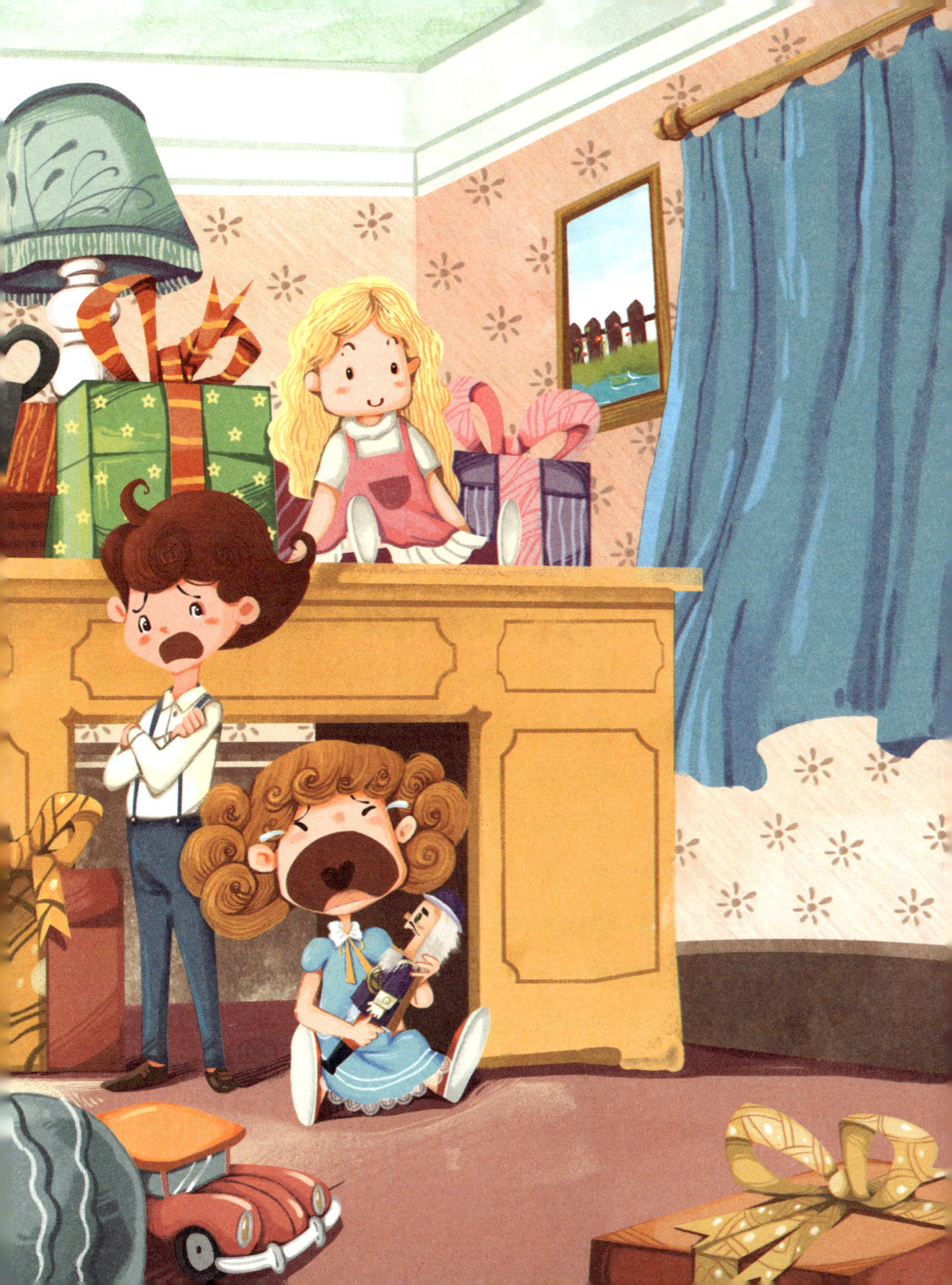

执着地讨要胡桃夹子，而是趁大家不注意的时候，悄悄溜回礼物桌前，给那些站岗的匈牙利轻骑兵下达了新的命令，让他们回营休息去了。

善良的玛丽很快把胡桃夹子掉落的那三颗牙齿找了回来，然后从自己的裙子上扯下一条缎带充当绷带，像医生一样给胡桃夹子的下巴做了细致的包扎。可怜的胡桃夹子由于惊吓过度，脸上没有一点儿血色，连身子都在微微颤抖。玛丽心疼坏了，赶紧小心翼翼地把他抱在怀里，动作轻柔得就像抱着一个婴儿。这时，她眼睛一亮，原来是发现其他礼物下面有一本新的图画书。接下来，玛丽便一边慢悠悠地摇晃胡桃夹子，一边欣赏书里的精美插图。

德劳瑟迈耶教父看到玛丽精心呵护胡桃夹子的样子，似乎很是不解，笑着追问玛丽，她为什么如此喜欢这个丑陋的小家伙，为什么要对他这么好。玛丽听了这话，特别生气，要知道她平时可是很少发火的。想到最开始见到胡桃夹子时，第一印象感觉他很像德劳瑟迈耶教父，自己还曾拿他们做过对比，玛丽心里便有了主意。她故意清了清嗓子，一本正经地回答："这很难说清，亲爱的教父先生，倘若您也穿上那么一双油亮油亮的小靴子，打扮得像可爱的胡桃夹子似的，谁知道您看上去会不会和他一样漂亮呢！"

话音刚落,一旁的爸爸妈妈不知为什么突然笑得前仰后合,更古怪的是,高等法院顾问的鼻子一下就红了,而且他并没有像之前那样发出爽朗的笑声。这一切都让玛丽觉得十分困惑,或许其中有什么特别的原因吧。

· 第四章 ·
怪事不断

　　医务顾问施塔尔鲍姆家客厅的进门的左手边是宽宽的墙壁，墙壁前有一个精巧的透明橱柜。橱柜高高的，孩子们多年来收到的礼物都存放在里面。要知道，施塔尔鲍姆先生决定请木工打造这个橱柜的时候，露易丝还非常非常小。当年负责打造橱柜的木工手艺十分高超，他不仅给橱柜装上了如天空般纯净明亮的玻璃，还经过一番巧妙构思，对它进行了特别的设计，使得礼物陈列在里面比拿在手中更加耀眼、漂亮，着实令人惊奇。

　　德劳瑟迈耶教父赠送的那些绝美艺术品，平时就静静地放在橱柜的最上层，弗里茨和玛丽的身高有限，基本够不到；紧挨着的那层整齐地摆放着孩子们喜欢的图画书；接下来的两层才是弗里茨和玛丽的"自由支配区"，他们可以根据喜好随意摆放自己的小宝贝，最下面那层摆满了玛丽的最爱——各种各样的漂亮娃娃，弗里茨则会让他那些威风凛凛的士兵和军队"驻扎"到上面那一层去。

今天同样如此，弗里茨把收到的新礼物——匈牙利轻骑兵放到了上面一层。玛丽想了一会儿，决定将摆放在最下层的特鲁德小姐挪挪位置。她把特鲁德小姐拿出来放到别处，接着将漂亮的新娃娃放进了一个精致的小房间，然后提出请求，想要去新娃娃家里做客吃糖。这个小房间里各种家具样样俱全，布置得十分用心，漂亮极了！说真的，我不清楚，正在聚精会神地听我讲故事的玛丽，也就是你，是否也如施塔尔鲍姆小姐一样（你知道的，她的名字也叫玛丽）——没错——我想表达的是，你是不是也和她一样有张鲜艳的花布面小沙发、一张小巧精致的茶几，以及几把极其可爱的小椅子？当然，最为重要的是要有一张舒舒服服的小床，娃娃可以躺在上面美美地进入梦乡。这个拥有许多家具的梦幻小房间，藏在玻璃橱柜最下层的一个角落里，房间四周的墙壁甚至都贴着画满彩色图案的墙纸，可谓细节满满。或许你可以直接预料到，在这样一个温馨的小房间里，这个初来乍到的新娃娃——玛丽今晚刚刚得知她的名字叫克莱尔——一定会住得相当惬意、舒心。

时间一点一滴流逝，一眨眼已经快到午夜了。德劳瑟迈耶教父早早就离开了，可两个小家伙还停留在玻璃橱柜前，摆弄着自己的小宝贝，不愿挪动脚步。没办法，施塔尔鲍姆夫人只能一遍一遍地提醒他们:"孩子们,太晚了,该上床休息了!"可是,好像并没什么用。

终于,在施塔尔鲍姆夫人又催促了几次之后,弗里茨忽然大声说道:"没错!这些可怜的小伙子们(他指的是那些匈牙利轻骑兵)的确该好好休息休息了。若是我一直不走,他们谁也不会偷懒,哪怕打一小会儿瞌睡都不敢,这我全都知道!"说完,他速速离开了。可玛丽却一直缠着妈妈,对着她撒娇:"亲爱的妈妈,求求您了,好吗?就让我在这里再待一会儿行不行?我保证,就一小会儿,等我处理完自己的事情,马上回去睡觉!请相信我!"

玛丽平时乖巧听话,一直非常懂事,所以体贴入微的妈妈思索片刻,便答应让她独自在那里再待一会儿。看到玛丽对新娃娃和那些漂亮的礼物如此着迷,妈妈担心她离开客厅时会忘记熄掉壁橱周围的蜡烛,于是就自己先把它们全熄灭了,只有客厅中间天花板上悬吊着的一盏蜡烛吊灯还闪烁着光芒。妈妈亲昵地摸了摸玛丽的头发,然后才转身向卧室走去,同时不忘细心叮嘱道:"亲爱的宝贝,你记得待一会儿就回去睡觉哇,不然明天早上会没法按时起床的!"

妈妈的身影刚一消失,玛丽便开始着手做她心心念念的那件事。不知道为什么,她不想让妈妈知道这一切,至于具体是什么原因,她自己也不是很清楚。

玛丽一直万分小心地抱着胡桃夹子,他的下巴还包扎着玛丽的小带子。妈妈走后,玛丽屏气凝神,慢慢地把胡桃夹子放到桌子上,然后一下一下轻轻地解开带子,仔细检查他的伤势。胡桃夹子的脸色苍白得可怕,神情忧伤又悲戚,可面对玛丽依然在竭力微笑,好像怕她难过似的。玛丽的心酸酸的、涩涩的,别提多难受了。很快,她哽咽了,泪珠开始在眼眶里来回打转。

"唉,可怜的小家伙,看来你伤得不轻。"玛丽声音低低的,语气极尽温柔,"听我说,虽然是弗里茨害你受伤的,但请你千万别生气。他……他不是要故意这样做的,他只是性子野蛮,有点儿铁石

心肠而已，除此之外没什么坏心思，我可以向你保证，他平时是个非常不错的好孩子，希望你能原谅他。放心吧，从现在起我会一心一意地照顾你，直到你的身体彻底恢复，变回之前快快乐乐的样子。你掉落的牙齿会被重新装回去，像原来一样坚硬耐用，脱臼的下巴也会尽快复位，像原来一样灵活的。我们可以请德劳瑟迈耶教父帮忙，他最擅长做这些事了，有他在，所有问题都会得到解决——"

然而，没等玛丽说完，她亲爱的朋友胡桃夹子一听到"德劳瑟迈耶"几个字，就忽地咧了咧嘴，眼睛也迸射出两道刺眼的绿光。这是怎么回事？玛丽刚表现出一丝害怕，胡桃夹子就马上恢复如常，再次露出了明媚又忧伤的笑容。玛丽盯着胡桃夹子看了好一会儿，并没发现什么异样，所以便暗自怀疑这都是穿堂风搞的"恶作剧"。她觉得穿堂风吹过时，吊灯上的烛光突然闪动，所以胡桃夹子的面容才会变得扭曲，出现可怕的一幕。

"我可不是一个胆小愚蠢的姑娘，因为一点儿小事就被吓倒，傻傻地相信一个木偶能对我做鬼脸！这个胡桃夹子的模样儿真滑稽，还那么善良，我实在太喜欢他啦！我一定要尽心尽力地照顾他，想方设法让他好起来！嗯，就应该这么办！"玛丽一边自言自语，一边轻轻抱起胡桃夹子走到玻璃橱柜前，她跪坐在地上，眨巴着眼睛凑到那个新娃娃面前，央求道："克莱尔小姐，我想请求你，把这张小床让给胡桃夹子好吗?他受伤了,需要好好休养。旁边的那个沙发也非常舒服,你到那儿凑合凑合吧。你瞧哇,你这么有活力,身体这么好,不然脸颊哪会红通通的这么好看呢?再说,不是所有的漂亮娃娃都有柔软舒适的沙发睡!你应该明白我的意思吧?拜托了。"

克莱尔小姐一身的圣诞节装扮,看起来光彩照人,很是雍容华贵。但现在,她明显有些不开心,只是一声不吭没有表达出来罢了。"这么做还真有点儿麻烦!"玛丽一边小声嘀咕,一边拿开克莱尔小姐,把小床拖出来,接着把胡桃夹子轻轻地放在小床上面。之后,她从身上取下一根漂亮的丝带,包裹住胡桃夹子松动的下巴,又拉了拉被子,把他鼻子以下全都盖得严严实实,这才打算作罢。但是这时她又想到了另一个问题:不能让胡桃夹子和克莱尔小姐共处一室,她太淘气了,不利于胡桃夹子养伤。于是,她把胡桃夹子连同那张小床一起搬到了上面那层。此刻,小床所处的环境完全变了,周围是一个美丽宁静的小村庄,弗里茨的匈牙利轻骑兵队就驻扎在那里。

就在玛丽关好柜门,准备回去休息时,奇怪的声音突然出现了。孩子们,请注意听!先是一阵很轻很轻的沙沙声,紧接着壁炉后面、柜子后面、椅子后面……客厅的所有角落都有异响,好像有谁在窃窃私语，窸窸窣窣的，听得不是很真切。

紧接着，不知怎的，墙上的挂钟也开始莫名嗡嗡响个不停，而且声音越来越大，不过却并没有打点报时。

玛丽停下脚步，抬头看向挂钟，只见挂钟上的那只金色猫头鹰蹲坐着，向前探着脑袋，努力伸着丑陋的钩嘴，两侧的翅膀则耷拉下来，几乎遮住了整个钟面。没过一会儿，挂钟的嗡嗡声更大了，听起来似乎是猫头鹰在念念有词说着什么：

嗡嗡嗡——嗡嗡嗡——挂钟响不停，
钟摆左右摇晃，动作慢又轻，
老鼠王的耳朵多灵敏！
来吧，挂钟，尽情唱吧，嘀嗒——嘀嗒——
哼唱起古老的催眠曲。
叮叮当——叮叮当——敲吧敲吧，
快快行动，敲起挂钟，
好让老鼠王一命呜呼。

挂钟依然嗡嗡直响，发出的声音混浊而嘶哑，令人出乎意料的是，它随后竟然"当——当——"地接连打了十二下。

玛丽感觉纳闷儿，不经意抬头一看，顿时心惊肉跳，吓得够呛。因为此时蹲坐在挂钟上的不再是那只猫头鹰了，而是换成了德劳瑟迈耶教父！他依旧穿着那件黄色外套，外套的下摆也像猫头鹰的翅膀一般耷拉着。空气似乎静止了，玛丽的心脏咚咚咚跳得飞快，她紧张得甚至都不敢呼吸了，恨不得立即逃走，但想了想还是鼓起勇气带着哭腔喊道："德劳瑟迈耶教父！德劳瑟迈耶教父！是您吗？您怎么跑到上面去了？请您快下来，到我身边来好不好？您知道的，我胆子小，求求您，别故意吓唬我了！"

然而，对方没有任何回应。没过一会儿，四周传来一阵疯狂的呼哨声和窃笑声。更令人感到可怕的是，须臾之间，客厅的各个角落均响起了密密麻麻的脚步声，就好像有成千上万只小脚丫在跑来跑去似的，而且地板的缝隙里还透射出无数蜡烛一样细小的亮光。不！那并不是什么亮光，而是数不清的闪烁着的小眼睛！准确来说，是老鼠的眼睛！玛丽左右一瞧，发现自己已经被老鼠包围了。老鼠们个个虎视眈眈、探头探脑，争先恐后地往外挤，拼死拼活地往外蹿，仿佛在参加一场声势浩大的集体竞赛。没一会儿，整个客厅已经满是吱吱唧唧、奔跑跳跃的声音了，相当嘈杂。老鼠们越聚越多，左边一片，右边一堆，最后居然开始集合列队，排列得整整齐齐的，那阵仗颇有弗里茨的匈牙利轻骑兵队即将奔赴战场的风范。

玛丽默默地注视着这一幕,觉得十分滑稽好笑。尽管玛丽还是个小女孩,可她从来不像其他孩子那么讨厌老鼠。所以,等紧张的情绪稳定下来后,她心里的恐惧感已经烟消云散了。但没想到,一阵尖厉的口哨声骤然响起,玛丽刚刚放松的神经瞬间紧绷起来,她甚至感觉脊背隐隐发凉。

啊，接下来玛丽看到了什么呢？！

听我说，千真万确，尊敬的读者弗里茨，我知道，你应该觉得自己和年轻的"指挥官"弗里茨·施塔尔鲍姆一样勇敢无畏、胆识过人，但实话实说，如果你此刻看到玛丽眼前的景象，很可能会落荒而逃，说不定还会立刻跳上床，哆哆嗦嗦地用被子把脑袋裹得严严实实，密不透风，即便这没什么必要。

唉！此时的玛丽却连这些都做不了——孩子们，听我说——因为现在玛丽双脚的周围突然向上涌起了一股神秘的力量，顷刻间，地板下的石灰、碎石子、沙子以及各种碎渣纷纷喷涌而出。伴随一

阵令人不寒而栗的吱吱声,一只长着七颗脑袋的老鼠冒了出来,值得注意的是,他的每颗脑袋上都戴着金光闪闪的王冠。一眨眼的工夫,这七颗脑袋下的身体也从地下钻出来了。老鼠大军见此情形,连忙尖叫三次,用刺耳的声音向戴着七顶王冠的老鼠王致敬,紧接着,这支大军便呼啦一下,径直地向玛丽和玻璃橱柜冲来。那整齐的脚步声似乎每一下都踩在玛丽的心上,她感觉心脏快跳出来了,自己快要死了;血管里流动的鲜血仿佛冻结了一般,在一点儿一点儿凝固;大脑也已经停止了思考,不知做何反应。迷迷糊糊之间,玛丽本能地踉跄着后退了好几步,紧接着哐啷一声——橱柜的玻璃门掉到地上,摔成了数不清的小碎片。原来是她的胳膊不小心撞到了它。下一秒,玛丽眉头紧皱,左胳膊忽然传来一阵钻心的剧痛。但也就是在这一瞬间,她紧绷的心弦忽然得到了放松,不再狂乱和不安了,因为此时四周一片寂静,可怕的吱吱声已经消失了。尽管玛丽没有勇气睁开眼睛观察,但她确信,刚刚那群几乎要将她吞没的老鼠应该被玻璃的碎裂声吓跑了,现在大概逃回自己的洞穴了吧。

啊!快听!又有什么声音出现了!没等玛丽回过神来,她身后的橱柜忽然出现了骚动,传来一阵异样的叮当声,与此同时,一个细细的嗓音在高声叫喊:"快醒醒——快醒醒——一起战斗——就在今夜——起来!起来!快准备共同战斗!"

片刻过后,空气中又响起一阵悦耳美妙的钟声,令人沉醉。"哈哈,原来是我的小吊钟啊!"玛丽开心地欢呼着,一下跳到了边上。她稳住身子转头一看,发现橱柜此时正闪烁着耀眼的光芒,里面热火朝天,一片忙忙碌碌的景象:小人偶们你来我往,有的跑来跑去,有的挥动胳膊,还有的用力推搡。不知怎的,受伤的胡桃夹子也猛地坐起来,一把掀掉身上的被子,噌的一下跳下床,站在地上大声叫喊:

咔嚓——咔嚓——

一群疯狂愚蠢的老鼠!

贪婪又凶狠的傻瓜!

咔嚓——咔嚓——

一群疯狂愚蠢的老鼠!

贪婪又凶狠的傻瓜!

咔嚓——咔嚓——

说着说着,胡桃夹子嗖地拔出一把小小的宝剑,一边挥舞一边沉着地喊道:"我亲爱的下属们,兄弟们、朋友们,你们是否愿意在这场艰难的战役中服从我的指挥,坚定不移地支持我?"

话音刚落,三名士兵、一名威尼斯商人、四名烟囱清扫工、两名齐特琴手和一名鼓手马上一起高声答道:"愿意!我们愿意!我们将矢志不渝地追随在您的身边,听从您的指挥,与您一起战斗,生死与共,不离不弃!直到取得这场战争的最终胜利!"

看到大家如此斗志昂扬,胡桃夹子难掩兴奋之情,不顾危险率先从橱柜的第三层跳到了地上。其他人偶见状,也纷纷效仿,来到了地面上。

没错!其他人偶当然敢鼓起勇气往下跳了,因为他们身上穿着好几层柔软的棉布或绸料衣服,身体里还塞满了不怕摔的干草或棉花,这些东西能起到很好的保护作用。所以,他们像一包包装满羊毛的小口袋,扑通、扑通地掉下来,不会有丝毫损伤。

胡桃夹子可没有这么好的"防护服",相比而言,他就危险多了,稍有不慎就可能会断胳膊断腿,落下残疾。请想想看,胡桃夹子所在的那一层橱柜距离地面将近两英尺[①],他的身体是用椴木雕刻成的,比较易碎,加上之前又受了伤。要不是在起跳的瞬间,住在下一层的克莱尔小姐从沙发上一跃而起,果断伸出柔软的手臂接住了他,我们这位手执宝剑的大英雄说不定已经身受重伤了。

---

① 1 英尺为 30.48 厘米。

"亲爱的克莱尔小姐，你真是太善良了！"玛丽目睹了全部经过，感动得眼泛泪花，"对不起，看来我完全错怪了你，之前你肯定是非常愿意把小床让给胡桃夹子的！"

这时，衣着华丽的克莱尔小姐把年轻的勇士胡桃夹子抱在胸前，温柔地注视着他，说："噢，先生，您的伤势不轻，该不会还准备到战场上去冒险吧？您瞧您的那些部下，个个勇敢无畏，充满斗志，抱有必胜的决心。现在，他们已经集结完毕，整装待发。士兵、威尼斯商人、烟囱清扫工、齐特琴手和鼓手都已经成功跳下来了，入列其中，就连住在我这一层的格言小人儿①也纷纷摩拳擦掌，跃跃欲试，准备随时加入他们。所以，如果先生您愿意的话，就躺在我怀里好好休养休养吧，您要实在惦记部下，可以透过我帽子上的羽毛远远眺望，关注战局，看着他们赢得最后的胜利。"

尽管克莱尔小姐一再苦口婆心地劝说，可胡桃夹子说什么也不肯安分下来。他拼命地扭动身体，不停地蹬踹挣扎，想要挣脱。克莱尔小姐没办法，只好把他轻轻地放到地上。胡桃夹子呢，刚一落地立马风度翩翩地单膝跪地，用低沉的声音轻轻地说："哦，尊敬的小姐，非常感谢您的好意。您对我的关爱和照料我将时刻铭记于心，

---

① 一种饼干，由面粉制成，分前后两部分，用食用胶粘在一起，黏合连接处有张写着格言或警句的小纸片。

即便在战场上也不例外。"

克莱尔小姐微微一笑,弯下腰来,一边抓住胡桃夹子的胳膊,想要轻轻地将他抱起来,一边迅速解下自己腰间那条镶嵌着许多金属亮片的腰带,打算把它挂到胡桃夹子的身上。胡桃夹子见状,立刻后退几步,把一只手放到胸口,神情庄重地拒绝道:"克莱尔小姐,请等一等!您不能这样做!请不要在我身上浪费您的好意了,您应该清楚,我——我已经——"胡桃夹子犹豫再三,没有继续说下去,他深深地叹了口气,然后解开下巴上包扎着的玛丽的丝带,吻了一下,接着就像军人佩戴象征着荣誉的绶带一样,斜挂在身上,之后便利落地挥舞着那把闪闪发亮的宝剑,如同敏捷的小鸟般弹跳几下,越过柜门边,轻盈地落在了地上。

诸位尊敬的、兴致正浓的听众们,故事讲到这里想必你们已经发现了,早在胡桃夹子真正复活之前,他就已经感知到了玛丽那饱含深情的善意。所以,忠诚、善良的胡桃夹子宁愿用玛丽那条朴素的丝带装扮自己,也不想接受克莱尔小姐那条耀眼珍贵的腰带,他其实是在用实际行动表达自己的心意!

那么,接下来事情会朝什么方向发展呢?

胡桃夹子刚一落地,令人战栗的吱吱声就再度响起。

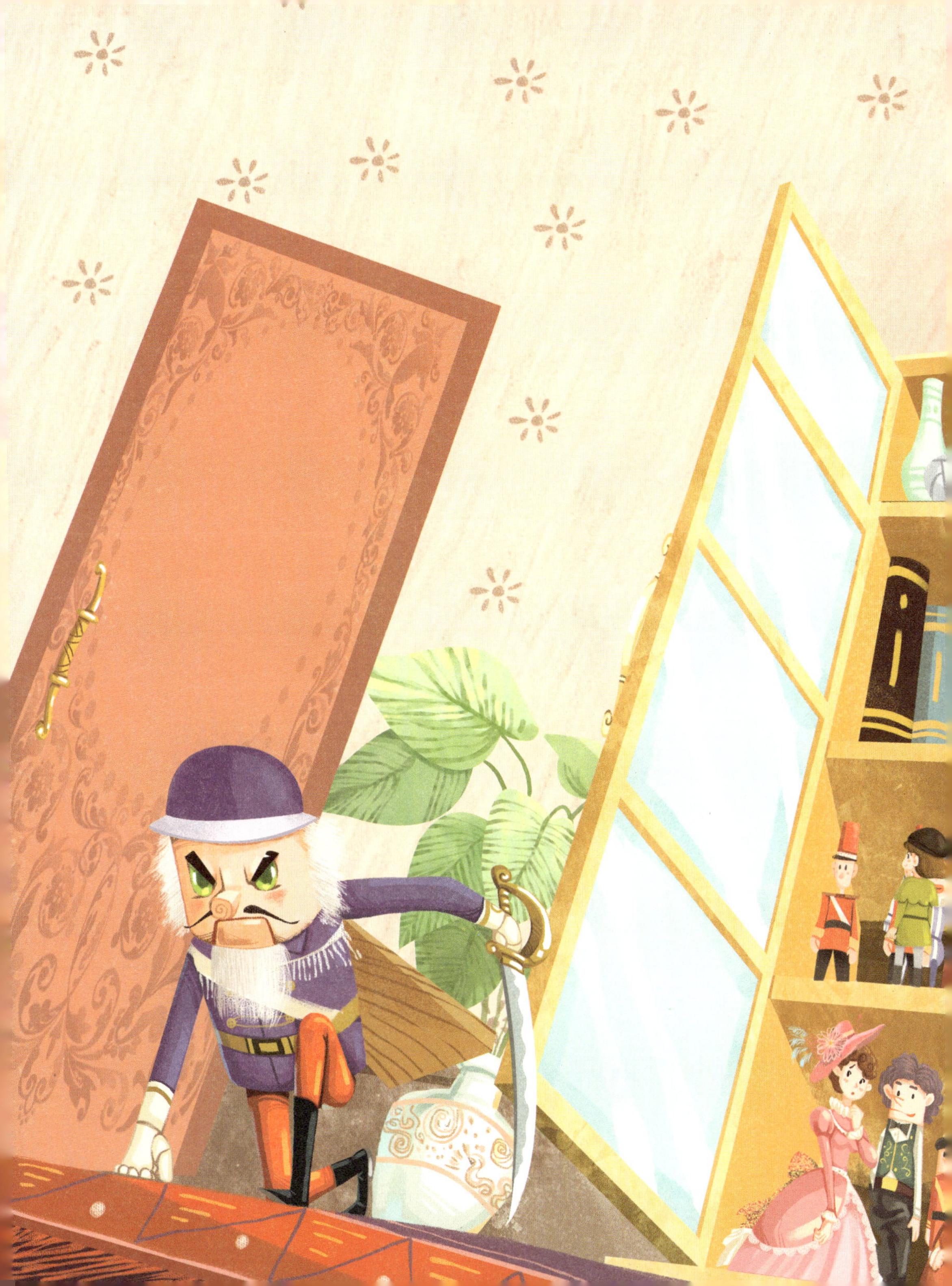

快看哪！此时此刻，在圣诞礼品桌的下面，聚集着一群群可怕的老鼠，他们吱吱狂叫，虎视眈眈，数量多到一时难以数清，而立身于鼠群之上的正是长着七个脑袋的老鼠王！他摆出一副睥睨天下、高高在上的姿态，仿佛谁都不放在眼里，简直嚣张极了！

之后发生了什么？请听我慢慢道来……

· 第五章 ·
生死决战

"忠诚的鼓手战士,请擂响我们的战鼓,发出进军的信号!"关键时刻,胡桃夹子高声喊道。鼓手闻言,立刻行动起来,拼尽全力擂起战鼓。随后,响亮的声音传遍各处,震得橱柜上的玻璃门来回颤动。橱柜噼啪作响之际,玛丽发现第三层里弗里茨驻军的盒子盖猛地弹开了,将士们一个接一个地跳了出来。他们没做停留,动作迅速地来到最底层,在那儿集结组成了一支军容齐整、气势雄壮的铠甲兵团。

时间就是生命,胡桃夹子奔上跑下,情绪激动地发号施令:"指令早就下达了,为什么还不出兵?"忽然,他意识到了什么,猛地转身,盯着一个脸色苍白、下巴很长的哆哆嗦嗦的老商人,用不容置疑的语气说:"潘塔隆内将军,我清楚您是作战老手,有丰富的经验,而且十分勇敢。眼下我们需要顾全大局,充分抓住有利时机,速战速决。现在,我把骑兵队和炮兵队交给您,由您全权指挥。您有一双大长腿,跑得也足够快,依我看就不必骑马了吧。那么——请马上履行您的职责,下达命令吧!"

潘塔隆内听罢,立刻伸出枯槁的手拢在嘴边,对在场的兵将们高声喊道:"各就各位!"那声音高而刺耳,仿佛上百把嘹亮小号一齐鸣奏,极具穿透力。几乎是同一时刻,玻璃橱柜里开始骚动起来,战马嘶鸣,蹄声滚滚。快看!弗里茨引以为傲的胸甲骑兵①和龙骑兵②,包括那支刚刚加入的匈牙利骑兵队都出动了!战旗在旗手手中迎风飘扬,"哗啦——哗啦——"犹如吹响了前进的号角。多军种军队伴随着慷慨激昂的乐声,浩浩荡荡,一队队从胡桃夹子面前缓缓经过,宛若在接受检阅。最后,他们在客厅地板上一字排开,迅速摆好了阵势,只待战争打响。

要知道,弗里茨的那些威力十足的大炮也被拉到了阵地上,摆在军队的最前方。大炮两侧均有炮手待命,准备随时发起进攻。很快,激烈的大战开始了!"砰!砰!砰!"随着一连串隆隆的炮击声,玛丽看到一颗颗糖豌豆飞到空中,画出一道道优美的弧线,然后重重砸进了老鼠群。老鼠群中立刻升起团团白雾,弥漫开来。老

---

① 一种15—19世纪身穿胸甲的骑兵,作战时以火器、马刀为主要武器。
② 配备马匹的机动步兵。

鼠们身上沾满了白色糖粉,纷纷吓得惊慌失措,四处乱窜,那样子狼狈极了。尤其令老鼠大军头疼的是架在妈妈踏脚矮凳上的那组大炮,它们威力十足,每每发射沾满胡椒粉的"坚果炮弹"时,鼠群之中都会有大片死伤,攻击力着实非常惊人。

然而,即便胡桃夹子这边的军队越战越勇,攻势猛烈,老鼠大军的数量却并没有减少,不知为什么反而越来越多。他们不惧"炮火",拼命向前冲,步步紧逼,有的甚至已经爬上了大炮。战场一片混乱,激烈程度可见一斑。就在这关键时刻,空中忽然传来"噗噗"几声,紧接着,场上硝烟四起,尘土飞扬,玛丽视线受阻,完全看不清发生了什么。不过,可以肯定的是,敌对双方都在浴血奋战,拼死冲杀。现在,他们打得难解难分,战况胶着,一时之间实在难以分出胜负。

老鼠大军投入的兵力很多,加上作战方式机动灵活,因此一度稳居上风。他们疯狂地投掷银白色的小弹丸,有的炮弹甚至打进了玻璃橱柜。克莱尔小姐和特鲁德小姐哪经历过这样的可怕场面,她俩完全被吓坏了,一直惊慌失措地跑来跑去,急得把手都绞疼了。

"我正值豆蔻年华,本该好好享受人生,难道现在就要白白丢掉小命吗?我可是最漂亮的娃娃呀!噢!不!"克莱尔小姐无助地大喊。

"我每天辛辛苦苦地保养,难道是为了草草地死在这个温馨的小屋里吗?这太令人难过了!"特鲁德小姐一边掉泪,一边大叫,似乎是在问自己,也似乎是在问别人。

之后,两个可怜的娃娃紧紧抱在一起,放声大哭。那哭声如泣如诉,直冲耳膜,就连战场惨烈的厮杀声都没能将它淹没。

亲爱的听众朋友们,此时此刻,你们可能想象不出战场上有多嘈杂。那里各种声音混杂在一起,简直可以用震耳欲聋来形容。

"砰砰砰——嗖嗖嗖——咚咚咚——嚓嚓——吱吱——"枪炮声接连不断,老鼠王和鼠兵鼠将们始终在疯狂叫嚣。与此同时,胡桃夹子也在声嘶力竭地呼喊,他一边下达相应的作战命令，一边义无反顾、奋勇向前，犹如一座炮火中移动的丰碑，时刻鼓舞着将士们，引领他们勇歼敌军。

潘塔隆内不愧是身经百战的行家老手，接连指挥骑兵发动了几次大规模的进攻，都取得了胜利，为胡桃夹子大军挽回了颜面。不过，弗里茨的那支匈牙利轻骑兵在作战的过程中遭到鼠群炮兵兵力的袭击，不小心被那些又硬又臭的"炮弹"击中，红色盔甲上沾满了脏脏的污点，以致失去了斗志，不适合打头阵了。情况紧急，潘塔隆内不得不下令让匈牙利轻骑兵向左转，自己也率领一部分兵力跟着左转。然而，由于处在紧绷的状态中，潘塔隆内的指挥出现失误，一直在下达向左转的指令，胸甲奇兵和龙骑兵不明情况，也跟着左转。也就是说，整支军队在全线撤退，最后干脆回到了出发地。如此一来，那组部署在踏脚矮凳上的炮兵失去了掩护，彻底暴露在敌人的面前。说时迟那时快，黑压压的老鼠迅速蜂拥而至，频频发动猛烈的进攻。没过多久，炮兵队彻底沦陷，大炮连同踏脚矮凳一起都被可恶的老鼠掀翻了。

看到这一幕，胡桃夹子也有些慌了，情急之下他竟然下令：右翼部队马上撤退！

唉，总在战场上摸爬滚打的听众弗里茨啊，我想你应该明白，这个举动无异于不战而逃，太不明智了！或许，你和我一样，会因这场灾难而悲哀、感叹，难以相信这么残酷的事情居然发生在被玛丽深爱着的胡桃夹子领导的军队身上，但事实就是如此，没法改变。

先别着急，让我们暂时离开这儿，转移目光，去看看胡桃夹子的左翼大军怎么样了。

那里的情况要比这边强得多，军队的战斗力坚如磐石，指挥官和战士们依旧满怀信心，认为自己有能力扭转颓势，取得胜利。大战很快进入白热化阶段，不知怎的，五斗橱下突然钻出一群又一群的老鼠轻骑兵，径自向左翼部队冲来。他们个个龇牙咧嘴，一边发出刺耳的尖叫声，一边疯狂扑咬，不由得让人毛骨悚然，直冒冷汗。好在胡桃夹子的左翼大军也不是吃素的！抵抗防御工作做得相当出色，所以老鼠们的诡计并没有得逞。

还记得格言小人儿吗？因为受到地形限制，必须翻过橱柜凸沿，这些小家伙组成的简单方阵只能在两位皇帝的指挥下慢慢行进。这支勇敢的队伍非常特别，成员形形色色，不仅有园丁、小丑、理发师、爱神小丘比特及蒂罗尔人[1]，而且还有老虎、狮子、长尾猴和猿猴等，真可谓名副其实的"杂牌军"。别瞧这些"战士"看起来普

---

[1] 居住在意大利北部阿尔卑斯山脉地区和奥地利西部的民族。

通,但个个坚定刚毅,沉着冷静,战斗力超群。

这支杂牌劲旅勇敢无畏,拥有战无不胜的斯巴达精神,本可以凭借超强实力大败鼠军,夺得胜利。可谁知半路杀出个程咬金,有个不怕死的鼠军骑兵首领冒险激进,突然闯入,一下咬掉了一个皇帝的脑袋。皇帝倒下的时候,还把两个士兵和一只长尾猴砸伤了。这下,左翼大军的阵地出现了危险的"裂缝"!虎视眈眈的鼠军抓住机会,迅速从这个"裂缝"乘虚而入,彻底打乱了格言小人儿军团的节奏,把他们咬得七零八散。不过,可恶的鼠军也没讨到多少便宜。因为这些凶狠的家伙每咬死一个格言小人儿,就得自讨苦吃地生生吞下一张印着格言或警句的小纸片,所以仅仅是眨眼的工夫,他们也全都死了。

然而,格言小人儿军团的牺牲并没有为胡桃夹子大军带来什么转机,这支大部队一退再退,屡屡遭受重创,损兵折将,危在旦夕。眼看大兵压境,那么,胡桃夹子能通过"撤退战术"领导仅存的残余力量,保卫他们的橱柜大本营吗?一切似乎都是未知数。

"预备队呢?速速给我顶上!潘塔隆内——鼓手——斯卡拉穆恰[①]——你们跑哪儿去了?还不快来支援!"胡桃夹子急得满头大

[①] 指的是喜欢吹牛的士兵人偶。

汗，来回打转。此时此刻，他多么希望能从玻璃橱柜里冲出一支新的队伍来帮助他、支持他呀！

事实上，的确有几个小人儿冲出来了。那是来自托伦的男男女女，他们身穿棕色衣服，脸色金黄金黄的，头戴帽子或头盔，看起来煞有介事。但谁知，他们笨手笨脚，根本不会舞刀弄枪，折腾了大半天，敌人没打中，反倒把最高指挥官——胡桃夹子的帽子砍下来了，还差点儿要了胡桃夹子的命！对鼠军来说，这几个小人儿压根儿就不值一提！很快，训练有素的老鼠猎兵咬断了他们的腿，将

他们撞倒在地。尴尬的是，他们摔倒时又不慎砸死了几个自己人，真是令战况雪上加霜啊。

现在，胡桃夹子已经陷入了敌人的包围圈，情况异常危急。他胆战心惊，焦急不已，本想越过玻璃橱柜的凸沿，可奈何腿太短了，屡试不成。至于克莱尔小姐和特鲁德小姐，也没办法给他提供任何帮助，因为她们早已昏倒在地，不省人事了。此时，几个匈牙利轻骑兵和龙骑兵从他身边经过，轻轻一跃便跳进了玻璃橱柜。胡桃夹子彻底绝望了，茫然无助地大喊："一匹马——给我一匹马——我愿意用我的整个王国换一匹马！"

就在这生死存亡的关键时刻，鼠群中的两个士兵对胡桃夹子发动了突袭，一下咬住了他的木斗篷。不远处的七头鼠王见状，喜不自胜，立刻兴奋地吱吱大叫，随后二话不说蹿了上去，想要将胡桃夹子置于死地。

玛丽再也控制不住自己了，"啊！可怜的胡桃夹子！我来了！"她也不知道自己在做什么，只是一边呜咽着掉眼泪，一边胡乱地脱下左脚的鞋子，然后猛地将鞋子朝七头鼠王所在的密密麻麻的鼠群扔去。

片刻之间，所有的老鼠消失得无影无踪，一切又重新归于平静，好像什么都不曾发生过一样。玛丽感到自己的左臂传来一阵剧痛，随即便倒在地上晕过去了。

第六章
病倒了

时间一点一滴流逝，昏睡了许久的玛丽终于睁开了眼睛。玛丽慢慢地打量四周，发现她正躺在自己那张舒服的小床上。此刻，透明的玻璃窗上附着一层薄薄的冰，明媚的阳光透过玻璃窗洒进来，屋子里到处都是暖洋洋的。很快，玛丽发现床边坐着一个陌生男人，思索了几秒钟，她才反应过来，那人是外科医生温德斯特恩。

"啊！她醒了。"医生用低沉的嗓音说。

施塔尔鲍姆夫人听到后，赶紧来到床边，小心地查看玛丽的情况，眼神中满是牵挂和担忧。

"哦，亲爱的妈妈。"玛丽还有些虚弱，说起话来细声细语的，"那些可恶的老鼠全跑了吗？胡桃夹子怎么样了，他有没有得救？"

"亲爱的宝贝，你在说什么傻话！"施塔尔鲍姆夫人不解地回答，"老鼠怎么会和胡桃夹子扯上关系？你太不听话了，简直把我们大家都吓坏了，害得所有人为你担惊受怕。看吧，小孩子任性，无视父母的忠告，就会出现这样的结果。昨天你和那些小人偶一直玩到深夜，是不是打瞌睡的时候，突然有只老鼠冒出来，把你吓到了？但是咱们家平日里没有出现过老鼠哇，真奇怪。算了，不聊这个了。快瞧瞧你的胳膊吧！昨天你应该是撞坏了橱柜的玻璃，结果玻璃碎片扎进了胳膊，温德斯特恩刚刚才把碎片取出来！他说幸好碎片只是划破了一根小血管，若是划到动脉，即便你没有因失血过多而死，这只胳膊也会落下残疾的。啊！谢天谢地！多亏我半夜醒来，发现你还没回房间睡觉。你不知道，当时的场景多叫人担心！你昏倒在玻璃橱柜边上，完全没有知觉，地上有很多很多血。我被吓蒙了，差点儿也晕倒过去。对了，你倒在地上的时候，周围杂七杂八都是弗里茨的士兵和其他小玩偶，还有不少破破烂烂的格言小人儿和姜饼小人儿，至于你关心的胡桃夹子，正躺在你流血的胳膊上，你左脚的那只鞋子在不远处的地上。"

"啊！妈妈，妈妈，您先听我说，"玛丽忍不住插嘴道，"您看到的那些就是人偶与鼠群激烈战斗后留下的痕迹。我记得当时胡桃夹子正在指挥人偶全力作战，结果中间出了差错，差点儿被可恶的老

鼠们俘虏,我都要吓死了!千钧一发之际,我慌乱地抓起鞋子扔进鼠群,之后……之后具体发生了什么,我就不清楚了。"

温德斯特恩医生听到这儿,看了看施塔尔鲍姆夫人,并朝她使了个眼色。施塔尔鲍姆夫人点点头,然后温柔地对玛丽说:"好啦,亲爱的宝贝,不要再胡思乱想了!放心吧,老鼠全都跑了,胡桃夹子也好好地待在橱柜里呢,而且毫发无伤。"

正说着，玛丽的爸爸施塔尔鲍姆先生走了进来。他同温德斯特恩医生聊了好一会儿，接着仔细地摸了摸女儿的脉搏。玛丽迷迷糊糊的，听到大人们聊天的大概内容是说，外伤会导致发烧，所以她不得不卧床好好休养一段时间，除此之外还要按时吃药。但玛丽却觉得自己没什么大碍，除了胳膊还有点儿疼之外，身体没感到任何不适。

玛丽知道胡桃夹子脱险了，现在非常安全，悬着的心总算放下了。有时候，她感觉这一切似乎都是梦境，梦里胡桃夹子惨兮兮的，一脸忧伤地和她说话："尊贵的玛丽女士，我知道自己欠您不少恩情，但您还能为我做更多事情。"玛丽十分纳闷儿，一直琢磨这句话的深意，可想了半天也没明白其中的奥秘。

因为胳膊有伤，玛丽再也不能随心所欲地做自己喜欢的事情了，至于那些感兴趣的游戏就更没办法玩儿了。本想读读书或者翻翻插画书，可奈何只要她动一下，眼睛就会莫名其妙地冒出金星来，所以最终还是放弃了。玛丽无聊极了，从未觉得时间过得如此漫长，此时此刻，她迫切地希望黄昏快点儿到来，因为那时妈妈会坐在她身边，给她讲述或者朗读许多许多梦幻的童话故事。

晚上，妈妈刚给玛丽绘声绘色地讲完法赫鲁丁王子[①]的故事，房间门就被推开了。只见德劳瑟迈耶教父轻轻地走了进来，边走嘴里边说："我得亲眼瞧瞧小玛丽伤得重不重，现在怎么样了。"

看到身穿黄色外套的德劳瑟迈耶教父，玛丽的脑海中立刻浮现出昨天夜里的惊魂一幕，胡桃夹子险些被七头鼠王俘虏的画面好像就发生在眼前。于是，她忍不住对这位高等法院顾问喊道："尊敬的德劳瑟迈耶教父，您昨天晚上的样子可真丑哇！当时，您坐在挂钟上，一对翅膀耷拉下来遮住了钟面，结果挂钟打点儿都发不出大声，不然那群老鼠早就被吓跑了。话说，昨天我似乎听到您对七头鼠王喊话来着。既然您在现场，为什么不去帮一帮胡桃夹子？或者帮一帮我也好哇！可恶的丑八怪教父，是您害我受了伤，让我不得不一直躺在床上休养。您说，这是不是都怪您？"

施塔尔鲍姆夫人听到这番话，吃了一惊，说："亲爱的宝贝，你怎么啦？"

谁知，德劳瑟迈耶教父并没有将玛丽的话放在心上，而是先做了个奇怪的鬼脸，接着开始念念有词地说着什么，声音单调且沙哑：

[①] 指的是黎巴嫩独立先驱法赫鲁丁二世。

嗡嗡嗡——嗡嗡嗡——

钟摆接连不断，

不愿停下，不愿停，

钟摆呀钟摆，

钟摆不能停，动作也要轻。

嘀嗒——嘀嗒——

小娃娃，别紧张，别害怕！

丁零哐当，丁零哐当，

挂钟吓跑老鼠王。

噼噼啪啪，猫头鹰扇动翅膀，飞起来了！

挂钟嗡嗡响，响声传远方，

嗡嗡嗡——嗡嗡嗡——

钟摆接连不断,

不愿停下,不愿停,

嘀嗒——嘀嗒——

小钟大钟一起来!丁零哐当!

玛丽目瞪口呆地盯着德劳瑟迈耶教父,连眼都不敢眨一下,因为现在德劳瑟迈耶教父完全变了样,看起来比平日里还要丑好几倍。他的右胳膊挥来摇去,摆个不停,活像个提线木偶。玛丽的瞳孔闪了又闪,差一点儿就被吓到了,幸亏妈妈在场,她才没有叫出声来。之后,弗里茨偷偷溜进来,见到这一幕不禁捧腹大笑,总算打断了德劳瑟迈耶教父的表演。

"嗨,德劳瑟迈耶教父,"弗里茨大声说道,"刚刚你那副样子和我昨天扔到炉子后的提线木偶

简直如出一辙，实在太滑稽了！真好笑！"

"尊敬的高等法院顾问德劳瑟迈耶先生，您为什么要开这么奇怪的玩笑？是有什么特殊含义吗？恕我不能理解！"施塔尔鲍姆夫人讲话的表情相当严肃。

"我的天哪！"德劳瑟迈耶教父笑嘻嘻地解释："您难道把我那首美妙动听的《钟表匠之歌》忘了吗？在玛丽这样的病人面前，我总喜欢唱它。"说着，他坐到了玛丽床边，"亲爱的玛丽，别生气了！你不能怪我没有把老鼠王的十四只眼睛啄掉，这种事无论如何我也不能做呀！不过，作为补偿，我要给你个惊喜，让你马上快乐起来。"德劳瑟迈耶教父一边神秘兮兮地讲着，一边把手伸进衣兜，然后小心翼翼地掏出来一样东西，竟是可爱的胡桃夹子！他已经把那几颗崩落的牙齿给胡桃夹子安回去了，也将他脱臼的下巴成功复位了。玛丽一看到胡桃夹子又是欢呼又是拍手，别提多高兴了。妈妈见状，脸上也露出了慈爱的微笑，她对玛丽说："现在你瞧见了吧，德劳瑟迈耶教父对你的胡桃夹子有多好！"

"亲爱的玛丽，有件事你得承认，"这时，德劳瑟迈耶教父出言打断了施塔尔鲍姆夫人，"你必须承认，胡桃夹子的长相并不是很英俊，身材也不算完美。那么，他所在的家族怎么会出现这么丑陋的人偶？这种相貌又为什么会被遗传下来呢？倘若你愿意，我可以给你好好讲讲其中的故事。或者，你之前听说过皮尔丽帕特公主、老妖婆毛瑟林克斯以及钟表匠的故事吗？"

"喂，我现在想讲两句。"弗里茨突然插嘴道，"听我说，德劳瑟迈耶教父，既然您都把胡桃夹子的牙齿装好了，让他的下巴不再晃来晃去了，为什么不另外给他弄一把佩剑呢？您没发现吗？他那把宝剑丢了！"

"唉，"德劳瑟迈耶教父脸色一沉，明显有些不耐烦，"弗里茨，你这小家伙为什么总是鸡蛋里挑骨头，吹毛求疵呢？胡桃夹子有没有佩剑和我一点儿关系都没有！我已经把他的身体治好了，至于佩剑嘛，他完全可以自己去哪儿弄一把，我可不想再浪费自己的精力了！"

"嗯，说得也对，"弗里茨说，"他要是个出色能干的家伙，肯定清楚去哪里给自己寻找武器。"

"那么，玛丽，"德劳瑟迈耶教父重新看向玛丽，"告诉我，你听说过皮尔丽帕特公主的故事吗？"

玛丽闻言，摇了摇头，说："没听过，尊敬的德劳瑟迈耶教父，您就讲吧,我很愿意听,快讲!快讲!"说完,玛丽露出一脸期待的表情。

"希望——"施塔尔鲍姆夫人顿了顿,犹豫着开口,"敬爱的高等法院顾问德劳瑟迈耶先生,希望这个有关公主的故事不像平时那些故事那么可怕,可以吗?"

"放心吧,施塔尔鲍姆夫人,绝对不会的,"德劳瑟迈耶教父给出了肯定的回答,"与之相反,这个故事非常非常有趣。今天能把它分享给你们,我觉得十分荣幸。"

孩子们已经等不及了,连连大声催促道:"亲爱的教父,快讲吧,快讲吧!"于是,高等法院顾问德劳瑟迈耶先生开始讲了起来……

第七章
硬坚果童话

皮尔丽帕特的父亲是国王，母亲是王后，所以从出生的那天起，皮尔丽帕特就是地位尊贵的公主。国王一看到这个躺在摇篮里的小女儿，就喜欢得不得了，又是手舞足蹈，又是单腿站立来回转圈，还忍不住一次次地高声欢呼，向旁人炫耀："哈哈！有谁见过比我的小皮尔丽帕特更漂亮的姑娘吗？"

在场的大臣、将军、议长和参谋部的将领们闻言，也学着国王的样子，单腿站立来回转圈，同时还异口同声地回答："没见过，绝对没见过！"说话的语气同样饱含喜悦之情。

事实正是如此，他们并没有说假话。自从有这个世界存在，的确没出现过比皮尔丽帕特好看的女孩。她的小脸儿白里透红，既如百合般纯净，又如玫瑰般娇艳，仿佛能掐出水来；皮肤细腻，有丝绸一样的柔软触感；一双黑色的眼睛闪闪发亮，灵动晶莹似耀眼的钻石；那头金色鬈发恍若暖阳下轻轻浮动着的麦浪。除此之外，皮尔丽帕特出生时还长着一口珍珠般光洁的小牙齿，来到世界上仅仅两个小时，她就把首相的手指给咬了。当时，首相本想凑近一点儿摸摸皮尔丽帕特滑嫩可爱的小脸蛋儿，谁知她突然张嘴咬了对方一口！首相疼得大叫"哎哟"，也有人说他喊的是"真疼"。至于那会儿首相到底说了什么，至今也没有定论。

总之，刚刚降生的皮尔丽帕特真的咬了首相的手指。这特别的举动，让整个王国都为之兴奋、激动和疯狂，人们深信，皮尔丽帕特公主不仅拥有天使般美丽的容颜，小小的身体里还蕴藏着一种超乎常人的精神、智慧和气度。

就在举国庆贺、一片欢腾的时候，王后却忧心忡忡，隐隐不安起来，谁也不清楚这是怎么回事。很快，她特地为守护皮尔丽帕特做了一番周密的安排：每道房门都配备着岗哨，摇篮边有两个女卫兵近身照顾，另外还让六名女守卫坐在房间的各个角落，日夜看护。尤为诡异和难以琢磨的是，这六名女守卫每人腿上都有一只公猫，她们必须通宵达旦地抚摩公猫，以保证这些公猫整夜都保持警觉。

啊，亲爱的孩子们，你们不可能猜到皮尔丽帕特母亲的用意，

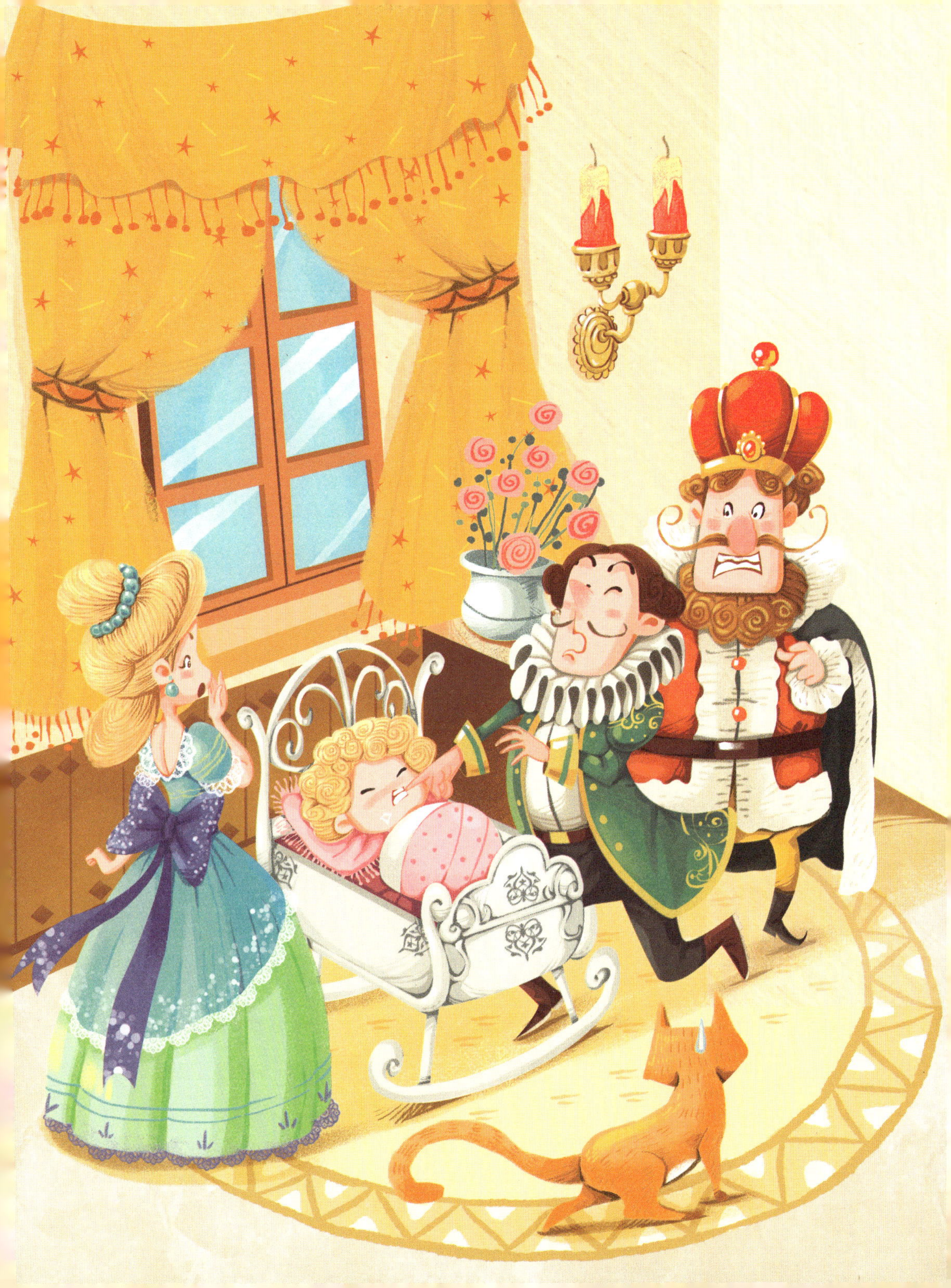

了解她这么部署的真正原因。但我知道，我这就讲给你们听……

之前有一天，皮尔丽帕特的国王父亲曾在王宫里举办过一次盛大的宴会，那时有许多尊贵的国王和帅气的王子应邀出席。宴会场面很宏大，气氛相当热烈。宴会期间举办了一场场的骑士角斗比赛、滑稽戏剧表演以及宫廷舞会。皮尔丽帕特的父亲想狠狠破费一次，炫耀一下自己的财力，让四方来宾开开眼界。于是，他吩咐朝臣和仆人们做好各项准备工作。皮尔丽帕特的父亲提前从宫廷厨师总管那里得到密报，宫廷天文学家已经确定好了屠宰日期，便下令要办一场隆重的"香肠宴"。他兴冲冲地跳上马车，亲自去请各位国王和王子来赴宴。国王早就想好了，他打算让贵宾们先品尝一勺汤，之后他们才能充分体会到那些美味菜肴所带来的惊喜。确定好具体计划，国王用无比温柔的语气对王后说道："亲爱的，你了解我，知道我有多么爱吃香肠！"王后心知肚明，是的，国王就是想让她像以前一样，亲自下厨制作香肠。

国库总管得令后，马上把镀金大锅和镀银平底锅送到了厨房，这都是制作香肠的必备厨具。没一会儿，炉子里的檀香木燃起了红通通的火焰，王后也动作麻利地系上了一条漂亮的锦缎围裙。很快，大锅一阵阵地向外散发出浓浓的香肠香味，直引得人口舌生津、垂涎三尺。

这扑鼻的香味飘啊飘,一直飘到了枢密院。国王闻到香味后,心中大喜,抑制不住冲动立刻起身对在场的人说:"各位请原谅,我失陪一会儿。"随后他便一路小跑,急匆匆地奔向厨房。来到厨房,他先拥抱了一下王后表示感谢,接着拿起手中的镀金权杖在热腾腾的锅里搅了半天,直到彻底安心才慢悠悠地离开,回到了枢密院。

制作香肠的重头戏来了!宫女们忙忙碌碌,把肥肉切成了小方丁,准备好了银烤架,之后就全都退下了。出于对国王丈夫的敬重和爱恋,王后决定独自完成接下来的烘烤工作。

然而,肥乎乎的肉丁刚开始噼里啪啦冒出油星儿,王后就听到了一个细声细气的声音:"姐姐,给我吃一点儿肉吧!我想解解馋,我也是一位王后呢,麻烦你就给我一点儿吧!我会感激你的。"

王后思索片刻,马上明白说话的是母老鼠毛瑟林克斯。这只母老鼠已经在王宫里住了很多很多年,她声称和国王一脉有亲戚关系,就住在宫廷厨房灶台的下面。她还说自己是毛瑟林老鼠王国的王后,管理着一个庞大的王国。

王后心地纯良,平日里乐善好施,很爱帮助别人。虽然她并不承认母老鼠毛瑟林克斯是一位真正意义上的王后,也不觉得她和自己能做姐妹,但还是打算让她在这个喜庆的日子里享用一点儿美食。

王后没有犹豫，和蔼可亲地呼唤道："毛瑟林克斯太太，出来吧！现在，请只管来享用一些肥肉吧。"

话音刚落，母老鼠毛瑟林克斯立刻钻出来，欢欢喜喜地跳上灶台，用细小的爪子抓起王后递过来的肥肉就往嘴里塞。她吃得津津有味，左一块右一块，根本停不下来。这时，毛瑟林克斯的"家属"呼啦一下全蹿了出来，有她的表兄表妹、侄儿侄女等，当然了，还包括她那七个调皮淘气的儿子。这些老鼠如入无人之境，抓起肥肉就大快朵颐，完全不给王后反应的机会。王后吓坏了，不知道该怎么阻止。幸亏宫廷女总管及时出现，把这群贪得无厌的家伙赶跑了，才留下了那么一点点烤肥肉。

情况紧急，宫廷数学家接到旨意马上赶到了厨房。他们通过精确计算，最后把剩下的肥肉等比例地分放到所有的香肠里。

盛大的宴会开始了！鼓号齐鸣，乐声震天，受邀的国王和王子们纷纷身着盛装接踵而至。他们有的骑着高头白马，有的乘坐水晶马车……总之，所有人都满怀期待地来赴宴了。国王脸上挂满笑容，不知疲倦地一一接待了大家。

之后，作为一国之君和举办宴会的东道主，国王头戴王冠，手拿权杖，坐在了东道主的位置。第一道美食猪肝肠很快就被端了上

来，谁知，国王的脸色突然变得苍白，非常难看。不仅如此，他还双目呆呆地望着天空，发出了一声轻轻的叹息，就好像正忍受着剧烈的疼痛一样。等到大家品尝猪肝肠时，国王突然开始大声抽泣，不停地长吁短叹，最后干脆瘫倒在椅子上，双手掩面，又是呻吟又是喊叫的，看样子难受极了。

餐桌两侧的宾客们见此情形，都担忧地站了起来。宫廷御医一路飞奔赶到现场，气喘吁吁地给国王诊脉，可摸脉摸了半天，没有诊断出任何结果。国王的状况越来越糟，感觉自己正被一种难以形容的痛楚一点儿一点儿撕裂。

宾客们七嘴八舌地劝慰他，鼓励他，宫廷御医给他用了一剂特效药——让他闻烧焦的羽毛……一番折腾之下，国王总算慢慢缓过来了！他用细如蚊蝇的声音缓缓地说："肥……肉……太……少……了……"

王后听罢，扑通一声跪倒在地，呜咽着承认错误："啊，我可怜的丈夫，不幸的国王！您承受了多大的折磨和痛苦哇！请您瞧瞧我吧，看看这个可恶的罪人吧！求您惩罚她！重重地惩罚她吧！唉！这事怪我，但罪魁祸首是老鼠王后毛瑟林克斯和她的七个儿子，还有她的表兄表妹、侄儿侄女以及那一大帮老鼠亲戚，是他们几乎把肥肉吃光了……"没等说完，王后突然眼睛紧闭，仰面摔倒在地，晕过去了。

这番话让国王怒不可遏，他一跃而起，全然没了刚才的病态模样，大声呵道："宫廷女总管！这是怎么回事？马上给我说清楚！"

女总管战战兢兢，把她所看到的、知道的一五一十全说了。国王了解了事情的经过后，更生气了："这帮讨厌的家伙！竟然把放在香肠里的肥肉吃得所剩无几，哼！我要让他们付出应有的代价！"于是他决定向老鼠王后毛瑟林克斯以及她的家族复仇。国王叫来枢密大臣召开会议，要求其审判老鼠王后毛瑟林克斯及其家族，并没收她的所有财产。他又觉得仅仅是这样似乎还不够，因为日后毛瑟林克斯仍有机会偷吃肥肉。该怎么办呢？几番思量之下，国王把这件令人头疼的事情交给了宫廷钟表匠兼秘术师。此人也叫克里斯蒂安·埃利亚斯·德劳瑟迈耶，我和他同名同姓。他信誓旦旦地向国王保证，自己智慧过人，能通过一些特殊的手段和行动，把老鼠王后毛瑟林克斯及其家族彻底逐出王宫。

很快，这位德劳瑟迈耶便开始实施周密的计划了。他制作了一种很精巧的机械装置，用细线拴住一片烤肥肉挂在里面，然后再把这个装置悄悄放在毛瑟林克斯家附近，等着他们自投罗网。毛瑟林克斯经验丰富又绝顶聪明，自然看出了德劳瑟迈耶的伎俩，可奈何无论她怎么劝诫、怎么警告都没用，她的七个儿子以及亲戚一闻到烤肥肉的美妙味道，就发了疯似的往外跑。结果可想而知，他们全都落入了德劳瑟迈耶布置的陷阱。这些老鼠一股脑儿拥进机关，刚准备吃掉那块油滋滋的肥肉，一道铁格栅便从天而降，把他们通通关在了里面。老鼠们急得上蹿下跳，声嘶力竭地吱吱狂叫，但一切都太迟了！挣扎已然于事无补，他们很快被"就地正法"，在厨房结束了生命。失去儿子和亲人的毛瑟林克斯为了活下去，只能满怀愤恨和绝望，带着仅剩的那一小群老鼠离开了王宫。

"驱逐计划"取得成功，整个王宫一片欢腾。然而王后却怎么都开心不起来，时常惶恐不安。王后太了解毛瑟林克斯了！以她的脾性绝对不会任由儿子和亲人白白死去，说不定哪一天她就要回来报复。王后的担心并不是多余的，没过多久，毛瑟林克斯就再一次出现了。当时，王后正在为国王精心地准备他喜欢吃的肺酱。毛瑟林克斯悄无声息地现身，恶狠狠地发出警告："王后，我的七个儿子和那么多的亲戚都被你们给杀了！日后你可得注意防范，千万别让我们老鼠逮着机会，把你的小公主咬成碎片！你给我小心点儿吧！"说完，一溜烟儿不见了。王后吓得浑身发抖，一失神把刚做好的肺酱全都洒进了火里。就这样，国王心心念念的美食又让母老鼠毛瑟林克斯给毁了，他气得火冒三丈，恨不得马上捉住她。

——好了，今天就先讲到这里吧，余下的部分我下次再讲。

生动有趣的故事总是能让人沉浸其中，无法自拔。玛丽听得太认真了，边听还边产生了一些特别的想法。她说尽了好话，央求德劳瑟迈耶教父把故事全都讲完，可是教父全然不为所动。最后，他干脆站起身来准备告辞了："可爱的小玛丽，一次听太多故事有损你的健康，听话，明天我们再接着讲。"

德劳瑟迈耶教父转身刚要出门，弗里茨叫住了他："尊敬的教父先生，您说，那件捕鼠装置真的是您发明的吗？我太想知道了。"

"弗里茨，你怎么能问这么荒唐的问题？"施塔尔鲍姆夫人一脸严肃地训斥儿子。

　　谁知，德劳瑟迈耶教父听了这话，马上露出了神秘的微笑，然后轻轻地回答："你难道不知道我是个技艺超群的钟表匠吗？我怎么会连简单的捕鼠器都发明不出来呢？"

第八章

硬坚果童话（续）

第二天晚上，德劳瑟迈耶教父如约来到玛丽的房间，继续讲道："孩子们，现在你们知道了吧。"

孩子们，我的意思是，现在你们应该清楚王后为什么如此小心谨慎，派那么多守卫侍女保护美丽的小公主皮尔丽帕特了吧？母老鼠毛瑟林克斯为了给儿子和亲人报仇，极有可能说到做到，趁人不备咬死皮尔丽帕特。王后怎么会不担心呢？毛瑟林克斯心思缜密，经验老到，德劳瑟迈耶设计制作的那款诱捕器对她来说简直毫无用处。不过，宫廷天文学家兼秘术师提出了另一个想法：施努尔公猫家族的成员都很厉害，肯定能阻止母老鼠毛瑟林克斯靠近摇篮，伤害公主。于是，也就有了我昨天讲到的那一幕：女守卫们人人怀里抱着一只公猫，守在公主身边。对了，有件事得小小地说明一下，施努尔家族的公猫在王宫里拥有特殊的身份——机密公使馆参赞，平时是接受雇佣的。女守卫们之所以把公猫放在腿上，轻轻地抚摩它们，其实是为了减轻这些"参赞"的疲惫感，好让它们打起精神来"执勤"，从而完成这份枯燥乏味的苦差事。

　　一天深夜，一个守在公主摇篮边的女守卫忽然惊醒。当时，整个王国都沉浸在睡梦中，屋子里一片死寂，就连平时常听到的猫的呼噜声也没有。不过，屋外的蠹虫没有睡觉，它们孜孜不倦啃咬树木的声音屋内都听得清清楚楚。就在这时，女守卫被眼前的一幕吓呆了：只见一只丑陋的大老鼠用两只后腿站着，趴在公主的摇篮边，让人倒吸一口凉气的是，老鼠可怕的脑袋几乎已经贴到了公主的脸上。女守卫回过神来,忍不住惊恐大叫,一跃而起。这下,屋内的所有人都醒了。说时迟那时快,母老鼠毛瑟林克斯——趴在公主摇篮上的正是她——眼见情况不妙,立刻飞快地向房间的角落蹿去。六只公猫参赞反应迅速,一拥而上。奈何为时已晚,毛瑟林克斯钻到地板缝里转眼就消失得无影无踪,公猫们只能气呼呼地在原地来回打转。

小公主皮尔丽帕特被吵闹声惊醒,委屈地哭了起来,声音撕心裂肺的,十分可怜。

"谢天谢地!谢天谢地!"女守卫们连连欢呼,"她没事!太好了!她还活着!"

可是,当她们转身看向皮尔丽帕特时,瞬间被吓得面如土色,抖如筛糠。漂亮的拥有天使般容颜的皮尔丽帕特已经完全变了模样:原本娇嫩的白里透红的脸庞不见了,钻石一样晶莹的眼睛不见了,一头金色的鬈发也不见了,取而代之的是佝偻蜷缩的身躯、畸形肿大的脑袋,目光呆滞、眼球凸出的绿眼睛。就连那张樱桃小嘴也变了形,从这只耳朵根一直裂到那只耳朵根,着实有些吓人。

王后看到宝贝女儿变成这副样子,简直如烈焰焚心,哭得死去活来。国王同样悲恸欲绝,难过得不能自已,他一次又一次地用头撞击书房的墙壁，不停哭喊："我真是个不幸的君主哇！怎么会这样呢？"为了防止国王受伤，仆人们只好在墙上糊了一层塞满棉花的壁纸。

事实上，就算不吃加肥肉的香肠，不去招惹藏在灶台下面的母老鼠毛瑟林克斯及她的亲人，就让他们生活在那里，也没什么大不了的。这些国王心里都明白，可是作为皮尔丽帕特的父亲，作为堂堂一国之君，他咽不下这口气。于是，国王把所有的过错全推给了德劳瑟迈耶，打算让这位来自纽伦堡的宫廷钟表匠兼秘术师承担一切罪责。为此，国王颁布了一道特殊的御令：四个星期之内，德劳瑟迈耶必须想方设法把皮尔丽帕特公主变回以前漂亮的样子，或是为此找到一个切实可行的解决办法，不然，他就会被推上断头台，死在刽子手锋利的刀下。

一想到自己可能丢掉宝贵的性命，德劳瑟迈耶怕得要死。但与其坐以待毙，不如开动脑筋想想办法，更何况他始终坚信自己技艺超群，运气向来也不差。很快，德劳瑟迈耶就有了主意，迈出了在他看来关键的第一步。他熟练灵巧地拆开皮尔丽帕特的身体，拧掉她的手脚，然后认认真真观察里面的结构。谁知，观察了半天，他得出一个遗憾的结论：随着岁月的流逝、年龄的增长，小公主的身体畸形问题会越来越严重，变得更加难看。这可如何是好？德劳瑟迈耶犯了难，无奈之下他只能小心翼翼地把小公主重新组装回去。因为需要履行御令不得离开公主半步，他坐在摇篮边，陷入了深深的忧虑和恐惧中。

时间过得飞快，一眨眼就来到了第四周。没错！现在已经是第四周的星期三了。国王前来视察，当他看到摇篮里的小公主还是那副丑样子时，他挥舞着手中的权杖咬牙切齿地说："克里斯蒂安·埃利亚斯·德劳瑟迈耶！你现在只有两条路，要么恢复公主的容貌，要么死！"说罢，国王怒气冲冲地走了。

德劳瑟迈耶吓坏了，忍不住失声痛哭。而一旁的皮尔丽帕特却"咔嚓、咔嚓"地咬着坚果，吃得美滋滋的，快乐极了。德劳瑟迈耶第一次注意到，小公主不仅从出生起就长着一口小牙，而且似乎尤为爱吃坚果。事实上，从容貌变丑的那天开始，皮尔丽帕特总是不停哭闹，女守卫们束手无策，头疼不已。后来，一次偶然的机会，有颗坚果滚到了她手边。没想到，皮尔丽帕特立刻张嘴咬开坚果，吃掉了果仁，不知为什么，她当时就不再哭闹了。自此以后，女守卫们就不停给她吃各种坚果。

德劳瑟迈耶灵光一闪，立刻想到了解决办法。"啊！神圣的自然本能啊，永远神秘难解的心灵感应啊！"他心中狂喜，连连激动地大喊，"谢谢你为我指点迷津，我即将去叩响通往奥秘之路的大门，我相信它会为我自动开启的。"德劳瑟迈耶不敢耽搁，立刻拜见国王，请他准许自己去见宫廷天文学家。获得恩准后，他在几名强壮侍卫的陪同下，前往天文学家的府邸。

德劳瑟迈耶与天文学家关系亲密，是无话不谈的好友。两人一见面，说到近来的种种遭遇，难免心生酸楚，于是拥抱着哭了好一会儿。之后，他们走进一间密室，开始仔细地查阅有关本能、心灵感应以及反感应之类的资料、典籍。时间一点儿一点儿在指缝间溜走，很快，天色渐晚，夜幕降临。宫廷天文学家随即开始仰观天象，为皮尔丽帕特公主占星，当然，其中也少不了同样精通占星术的德劳瑟迈耶的配合与帮助。因为星斗之间的连线是缠绕在一起的，容易越看越乱，所以这项工作极为繁杂、艰难，特别耗费精力。好在到最后，他们总算厘清了来龙去脉。这是多么可喜可贺的事情啊！占星结果显示，想要解除公主身上的变丑魔咒，让她恢复往日的容颜，必须给她吃下一颗克拉卡图克[①]坚果的果仁，除此之外，别无他法。可最大的难点在于，克拉卡图克坚果的外壳异常坚硬，纵使一门四十八磅[②]重的加农炮从它上面碾过，外壳照样不会碎。要想获得

[①] "克拉卡图克"是作者以"啪嗒"声和"咔嚓"声为基础创造的词语，类似咬碎坚果的声音。
[②] "磅"是英国和美国所使用的质量单位，1磅约合0.454千克。

果仁，需得找到一个从不刮胡子、从没穿过靴子的小伙子，让他站在公主面前当面咬开克拉卡图克坚果，然后再闭着眼睛亲手把果仁递给公主。这还不算，小伙子还必须后退七步，并且保证脚下不能出现一点儿踉跄的情况，最后才可以睁开眼睛。如果中途有一步做错，那么一切都将前功尽弃。

德劳瑟迈耶和天文学家通宵达旦地工作，足足研究了三天三夜才找到这个破解魔咒的方法。此时已经是第四周的星期六中午了，也就是说，德劳瑟迈耶在即将被处斩的前一天中午气喘吁吁地冲进王宫，向正在用膳的国王禀报了好消息：他已经掌握了恢复公主相貌的秘诀。国王一听，顿时喜上眉梢，给了德劳瑟迈耶一个大大的拥抱，而且许诺将会赐给他一把嵌满钻石的宝剑、两套礼服以及四枚勋章，以示奖赏。

"亲爱的秘术师，来和我共进午餐吧！"国王的表情和蔼可亲，"你吃完饭以后，马上出发，去传唤那个从不刮胡子、从没穿过靴子的小伙子，让他拿着克拉卡图克坚果进宫来听候命令。对了，你要确保他在此之前不沾一滴酒，以免后退七步时像螃蟹似的踉踉跄跄，破坏我们的计划。不过，事后他倒是可以开怀畅饮。"

国王的一番话，让原本就有些惶恐的德劳瑟迈耶更担心了。他来不及迟疑，哆哆嗦嗦、结结巴巴地说出了实情：解除魔咒的办法虽然有了，可是克拉卡图克坚果和那个咬坚果的小伙子得现找，至于到底能不能找到，什么时候找到，他无法给出肯定答案。国王听了这话，勃然大怒，噌的一下站起身来，抓起权杖在自己戴着王冠的头上挥舞，同时歇斯底里地咆哮道："那我就砍掉你的脑袋！"国王气急败坏的样子如同一头暴走的雄狮。

德劳瑟迈耶简直被吓破了胆，愣在那里不敢发出一丝声音。只是他运气不错，今天的午餐非常可口，国王心情大好，能听进去劝告。加上王后善良仁慈，十分同情德劳瑟迈耶的遭遇，一直在一旁帮着求情，他才有机会进行合理的解释。

德劳瑟迈耶深吸一口气，稳了稳心神，最后终于鼓起勇气说道，自己的职责是找到恢复公主容貌的办法，他已经做到了，理应免除杀头的惩罚，获得活下去的机会。国王怒不可遏，痛斥他故意狡辩，声称这些说辞只不过是他为了逃脱罪责编出来的愚蠢借口，完全就是胡说八道。不过，国王在喝下一杯帮助消化的药水后，情绪明显不那么激动了，思来想去，他最终还是决定让德劳瑟迈耶和天文学家一起动身，去寻找克拉卡图克坚果。但国王明确下令，若是找不到坚果，他们就不许回来。至于那个能咬开克拉卡图克坚果的小伙子，将遵照王后求情时给出的建议：在国内外报纸及期刊上刊登广告，罗列出一系列的具体要求，招募合适的人选。

故事讲到这里，高等法院顾问又停下了。理由和之前一样：孩子们需要休息了。不过他答应，明天会把故事剩下的部分讲完。

·第九章·
硬坚果童话（结局）

第三天晚上，烛火刚刚亮起，德劳瑟迈耶教父就如约而至。他没有卖关子，马上从昨天故事中断的地方开始讲起……

德劳瑟迈耶和宫廷天文学家一路风餐露宿，艰难跋涉，足足寻找了十五年，可是却没有找到任何有关克拉卡图克坚果的线索。至于这期间他们曾经去过什么地方，遇见了哪些特别的人，发生了什么离奇的事情，我要是讲给你们听，差不多得连续讲上四个星期，所以暂时就不讲了。我要告诉你们的是，德劳瑟迈耶饱受忧伤和苦恼的困扰不能自拔。之后，这繁杂的心绪又转化成了对故乡纽伦堡强烈的思念之情。一次，当他和天文学家在广袤的亚洲森林里穿梭，嘴上叼着盛满优质烟草的烟斗时，一种更加难以形容的思乡之情突然涌上他的心头，几乎要将他淹没。

"啊！我美丽的——美丽的故乡，让我心心念念的纽伦堡哇，见不到你，即便我在繁华的伦敦、巴黎或是彼德罗瓦拉丁[①]旅行，也不会感到欢畅。我没有一刻不思念你、渴望见到你——啊！美丽迷人的纽伦堡，尤其是那些有好多窗子的可爱房子，一直令我魂牵梦萦，无法忘怀。"

　　德劳瑟迈耶一边诉说着自己的思乡之痛，一边号啕大哭，难过得不能自已。旁边的天文学家见状感同身受，也忍不住放声哀号。撕心裂肺的哭声传出很远很远，以至于亚洲大陆不少地方都能听见。不过，天文学家很快冷静下来，擦掉眼角的泪水，对德劳瑟迈耶说："亲爱的同伴哪，我们为什么要坐在这里大哭呢？我们完全可以立即起程到纽伦堡去，到那儿寻找可恶的克拉卡图克坚果！在哪里寻找不都一样吗？你说对不对？"

　　"说得没错！"天文学家一语点醒梦中人，德劳瑟迈耶听了这话，马上宽心不哭了。就这样，两人站起身来磕掉烟斗里的烟灰，立刻出发，穿过大片大片的亚洲森林，径直向纽伦堡的方向前进。

　　抵达纽伦堡以后，德劳瑟迈耶先去看望了自己多年未见的堂兄

[①] 位于塞尔维亚北部城市诺维萨德的彼德罗瓦拉丁是欧洲第二大古城堡，建于17—18世纪，素有"多瑙河上的直布罗陀"的美誉。

克里斯托夫·德劳瑟迈耶。克里斯托夫·德劳瑟迈耶是一位手艺精湛的木偶工匠，同时也是镀金匠和油漆匠。一见面，钟表匠德劳瑟迈耶便把有关皮尔丽帕特公主、老鼠王后毛瑟林克斯以及克拉卡图克坚果的事情一五一十地告诉了堂兄。结果，堂兄听后连连拍手惊呼："天哪！我的兄弟！没想到世上还有这么离奇的事情！"

后来，德劳瑟迈耶还把他们的旅途奇遇及历险经历一一讲给堂兄听，包括两人如何在海枣国王宫滞留了两年，怎样被杏仁侯爵无礼地驱逐出境，又怎么到松鼠之家自然研究学会多方打听克拉卡图克坚果的下落，但一无所获……总而言之，他们四处碰壁，屡屡失败，即便做了各种尝试和努力，依旧没发现一丁点儿克拉卡图克坚果的线索。

克里斯托夫·德劳瑟迈耶听得津津有味，十分投入，不停地打着响指，最后干脆单腿站起身，转了好几圈，这还不算，他还啧啧地咂舌，高声喊道："嗯嗯——哎呀——咿呀——简直是见了鬼了！"说着喊着，他忽然把帽子和假发一起抛向空中，然后万分激动地拥抱德劳瑟迈耶，搂着他的脖子欣喜若狂地说："啊！我的好兄弟！兄弟呀兄弟！你知道吗？你们有救了！有救了！听我讲，如果我没有上当受骗的话，那么我就是那个拥有神奇的克拉卡图克坚果的人！明白吗？"

就在钟表匠德劳瑟迈耶云里雾里不明所以的时候，克里斯托夫·德劳瑟迈耶取来一个匣子，从里面拿出了一颗闪闪亮亮的镀金坚果，它的大小和一般坚果没什么差别。"瞧瞧看，"克里斯托夫·德劳瑟迈耶一边展示，一边说，"这颗坚果来历不凡，背后还有一段鲜为人知的故事：多年以前的一个圣诞节，有位外乡人背着满满一袋坚果来纽伦堡售卖，当时他就在我的木偶铺前面。然而，本地坚果贩子不允许他在纽伦堡做生意，与他发生了争执，于是双方大打出手。为了更好地对付那个蛮横无理的地头蛇，外乡人便把坚果袋子放到了地上。没想到，一辆满载货物的马车突然经过，直直地从坚果袋子上面轧了过去，除了一颗坚果完好如初外，其余坚果全部被碾碎了。之后，外乡人对我露出了古怪的笑容，声称要把这颗特别的坚果卖给我，要价是一枚于1720年铸造的二十芬尼金币。说来真是奇怪，我一摸口袋，当时里面恰好有一枚外乡人想要的那种金币。就这样，我用那枚金币买下了那颗坚果，后来还给它镀了一层金。老实说，我也不明白自己为什么莫名其妙地出大价钱买下它，而且始终都觉得它物超所值。"

钟表匠德劳瑟迈耶听了事情的经过，马上叫来宫廷天文学家。宫廷天文学家对着那枚坚果研究了一番，然后小心翼翼地刮掉上面的那层金膜，结果发现坚果表面刻着几个醒目的字：克拉卡图克。

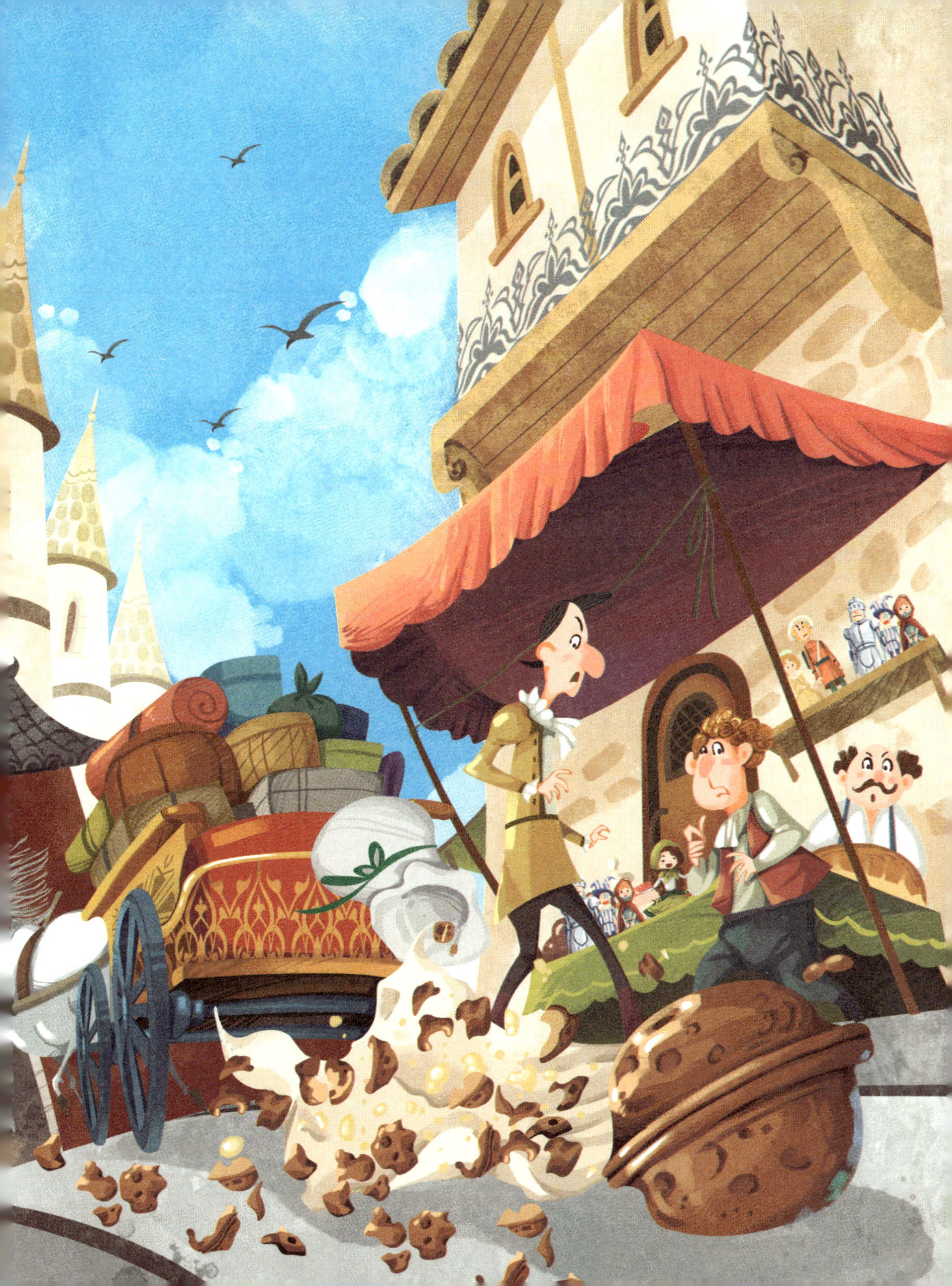

这下，一切真相大白，克里斯托夫·德劳瑟迈耶拥有的这枚坚果正是他们二人苦寻十五年的克拉卡图克坚果！此时此刻，笼罩在钟表匠德劳瑟迈耶和宫廷天文学家心底的愁云顿时飘散得无影无踪，他们高兴坏了，不停地蹦啊跳哇，如同天真烂漫的快乐孩童。

而堂兄克里斯托夫·德劳瑟迈耶此时堪称全天下最幸福的人，因为钟表匠德劳瑟迈耶向他保证：承蒙幸运之神眷顾，他不仅会获得一笔十分可观的养老金，而且还能得到他镀金时所用到的全部金子！

这天晚上，当钟表匠德劳瑟迈耶和宫廷天文学家整理完毕，戴上睡帽准备美美地睡上一觉时，宫廷天文学家的脑子里突然冒出了新的想法，"亲爱的同伴，俗话说'祸不单行，好事成双'，你信不信，或许我们不只找到了克拉卡图克坚果，还找到了那个能咬开坚果、将果仁献给皮尔丽帕特公主的小伙子！你猜到了吗？我说的不是别人，正是你堂兄的儿子！目前来看，没有谁比他更合适了——不行！不行！我还不能睡！"宫廷天文学家越说越兴奋，干脆一把扯下睡帽，开始观测起星象来，"事不宜迟，今夜我就要给这个小伙子占星，确定他是不是我们要找的那个人。"

事实上，堂兄的儿子身姿挺拔，仪表堂堂，性格也十分阳光，的确是个不可多得的帅小伙。而且他到现在为止从没刮过胡子，也没穿过靴子。虽然之前有几年圣诞节，他连续扮演过摇摇晃晃的提线木偶，但在父亲的精心调教下，他的身上已经看不到任何当初笨拙的影子了。如今，每当圣诞节来临，他都会穿上一件挂着金饰的红色外套，腰佩闪光宝剑，头上用发网拢起时尚新潮的发型，腋下夹着一顶礼帽，容光焕发地站在父亲的木偶铺里招揽生意。不知为何，他似乎浑身都散发着一种与生俱来的优雅气质，深受年轻姑娘们的青睐。因为他经常帮姑娘们嗑咬坚果，所以姑娘们都亲切地称呼他为"漂亮的胡桃夹子"。

第二天清晨，天刚蒙蒙亮，宫廷天文学家就兴冲冲地赶来，一把搂住钟表匠德劳瑟迈耶的脖子，欣喜若狂地说道："是他！是他！就是他！我们终于找到他啦！但是，亲爱的同伴，我们还有两件事需要做，千万不能掉以轻心。第一件事是您得为您杰出的侄子做一条结实的木头辫子，并把它与他的下颌紧紧连在一起，以便拉动辫子时他的嘴巴能迅速且紧实地合起来；第二件事是我们需要尽快回到王宫去，但一定要记得守口如瓶，千万不能向任何人透露我们已经把能咬开克拉卡图克坚果的小伙子带回去了，而要对外声称这个人仍需要长时间才能找到。也就是说，您的侄子要很久之后才能露面。昨天我夜观星象发现，国王只有在目睹几个小伙子被硌掉牙齿

悻悻而归以后，才会下令公开悬赏，'谁能咬开克拉卡图克坚果并且帮公主恢复原本的容貌，就把公主嫁给他，同时还会让他继承自己的王位'。所以若想计划取得成功，接下来的每一步我们都必须小心谨慎，千万不能有任何差错。"

德劳瑟迈耶的堂兄，也就是木偶匠克里斯托夫·德劳瑟迈耶得知自己的儿子即将迎娶尊贵的皮尔丽帕特公主，成为令人称美的驸马，并且极有可能变成未来的国王时，简直笑得合不拢嘴。他没有迟疑，放心地把儿子交给了两位特使。德劳瑟迈耶为了前程似锦的侄子也是忙前忙后，很快就做好了木头辫子，并给他安装妥当。之后他们进行了一系列的尝试，结果显示这个"装置"非常不错,即便是最硬的坚果它也能一下咬开,战绩相当出色。

接下来,德劳瑟迈耶和宫廷天文学家迅速行动,立刻派人快马加鞭给国王送信,把他们找到克拉卡图克坚果的消息告诉了国王。国王收到消息后喜笑颜开,紧急发出公告,邀请那些应征咬坚果的候选人。可想而知,当历尽千辛万苦的两位特使带着能解除魔咒的克拉卡图克坚果到达王宫时,那儿已经聚集了不少英武帅气的年轻人,其中不乏王室成员及贵族后代。他们全都跃跃欲试,坚信凭借自己那口健康坚硬的牙齿,可以帮助皮尔丽帕特公主恢复美丽的容颜,从而获得国王的青睐。

当两位特使再次见到皮尔丽帕特公主时,简直被吓了一跳!没想

到，她的情况越来越糟了！那副羸弱的身子又变小了，手脚也比之前纤细不少，看起来几乎支撑不起那个畸形的大脑袋了。而且她的嘴巴周围还长出了一圈如棉花似的白胡须，使得原本就丑陋不堪的面容显得更诡异，更难以直视了。

接下来，事情一直按照宫廷天文学家所观察到的星象结果那样发展着。一个应征的小伙子失败了，另一个穿靴子的小伙子马上接着尝试咬开克拉卡图克坚果，但最终他们不是被硌掉了牙齿，就是嗑伤了下巴，样子狼狈极了，对公主根本一点儿帮助都没有！滑稽的是，当他们四肢无力、迷迷糊糊地相继被抬走时，通常会忍不住感叹一句："果真是一颗硬坚果！"

国王目睹了整个过程，不禁觉得心惊胆战，十分焦急。他略加思索，做出了一个重要的决定：谁能解除魔咒，圆满完成帮公主恢复容貌的任务，就把公主及整个王国都交给他！话音刚落，一个谦逊有礼、文质彬彬的年轻人从容地走上前来，请求让他试一试。没错！这个气度不凡的小伙子就是克里斯托夫·德劳瑟迈耶。

在所有的应征者中，没有哪个年轻人能像克里斯托夫·德劳瑟迈耶这样引起皮尔丽帕特公主的注意。只见她将纤细的双手放在胸口，一边用真诚的目光注视着眼前的人，一边感慨道："啊！要是他能成功咬开克拉卡图克坚果,成为我的丈夫该多好!希望他可以做到!"

年轻的克里斯托夫·德劳瑟迈耶得到准许后,先一一向国王、王后以及皮尔丽帕特公主行礼致意,随后从宫廷最高典礼官的手中接过克拉卡图克坚果。他二话没说,当即把坚果放进嘴里,接着猛地拽了一下脑后的木头辫子,只听"咔嚓、咔嚓"两声脆响,果壳眨眼间变成了零星的小碎片!接下来,他动作麻利且细心地剥掉果仁外面的纤维膜,轻闭双眼,恭恭敬敬地把果仁献给了公主,与此同时还不忘一只脚滑向身后,行了一个标准的屈膝礼,然后开始一步步向后退。再来说皮尔丽帕特公主,当她吞下果仁的一瞬间,啊!奇迹发生了!那个畸形丑陋的怪物不见了!出现在众人眼前的是一位拥有天使般美丽容颜的女孩,她有着百合花一样的白皙脸蛋儿,上面泛着玫瑰似的自然红晕,皮肤细腻如绸缎,眼睛亮亮的恍若闪着光芒的璀璨钻石,满头鬈发比纯金丝线还耀眼,看起来实在是太漂亮了!

于是鼓声雷动,号角齐鸣,万千民众雀跃欢呼,载歌载舞,只为庆祝这一时刻的到来。富丽堂皇的王宫里同样人声鼎沸,一派欢腾,国王和臣仆们再次跳起了"单腿转圈舞",与庆祝小公主出生时如出一辙。王后看到女儿变回原来的样子,激动过度一下晕了过去,闻了好久的古龙水才慢慢醒来。

刚刚后退六步的克里斯托夫·德劳瑟迈耶被骤然出现的喧闹声惊住了,他强稳心神,准备继续自己的动作。然而,就在他的右脚迈出最后一步时,耳边突然传来一阵刺耳的怪叫声,可恶的老鼠王后毛瑟林克斯猛地从地板缝里钻了出来!克里斯托夫·德劳瑟迈耶落下的右脚不偏不倚恰好踩在她身上!随着脚下一滑,克里斯托夫·德劳瑟迈耶踉跄了几下,差一点儿摔倒在地。

唉!厄运猝不及防地降临了!须臾之间,年轻俊朗的克里斯托夫·德劳瑟迈耶变成了丑八怪,就像被施了咒语的皮尔丽帕特公主一样。他的身体越缩越小,几乎要撑不住那颗畸形肿胀的大脑袋了,一双眼睛鼓凸出来,青蛙似的宽嘴巴一张一合甚是吓人,至于之前垂在脑后、控制下巴活动的木头辫子则瞬间成了木斗篷,看起来长长的、窄窄的,难看得要命。

钟表匠德劳瑟迈耶和宫廷天文学家看到这一幕,顿时被吓得六神无主,不知如何是好。慌乱之中,他们瞧见老鼠王后毛瑟林克斯在满地打滚儿,身上鲜血直流,流得到处都是。作恶多端的毛瑟林克斯总算遭到了报应!要知道,她被克里斯托夫·德劳瑟迈耶的鞋跟重重地踩中了脖子,所以必然会一命呜呼。然而垂死之际,毛瑟林克斯依旧在气急败坏地叫嚣，吱吱吵个不停：

啊！可恨的克拉卡图克，
都是因为你这该死的硬坚果，我马上要死了！
不过——能嗑坚果的小胡桃夹子，
你同样也活不成了！
哈哈——我要你给我陪葬！
我那拥有七个脑袋、戴着七顶王冠的宝贝儿子，
必然不会善罢甘休！
等着瞧吧，总有一天，
他会报仇雪恨，告慰他死去的母亲和亲友！
啊！生命是如此美好，却又是如此脆弱，
啊！生命，我这么快就要和你说再见了！
啊！死亡的恐惧已经缠上了我！吱吱——吱吱——

随着这一声声撕心裂肺的惨叫，老鼠王后很快断了气。宫廷厨房的伙夫们得到命令，第一时间把她的尸体扔进了熊熊燃烧的大火炉，没一会儿，作恶多端的老鼠王后就化为了灰烬。

众人的注意力似乎都在皮尔丽帕特公主和老鼠王后身上，根本不关心克里斯托夫·德劳瑟迈耶的情况。最后，还是公主出言提醒

国王，让他履行自己的承诺，国王才想起那位年轻的英雄，下令把他请过来。只是，当变成丑八怪的克里斯托夫·德劳瑟迈耶现身时，公主立刻受到惊吓般捂着脸大叫："快走开！你这个丑陋不堪的胡桃夹子，马上走得远远的，不要再出现在我面前！"

话音刚落，负责宫廷守卫的御前大臣一下抓住胡桃夹子瘦弱的肩膀，一路快步急走，把他扔到了门外。国王气得面如土色，勃然大怒，质问为什么要让一个丑陋的胡桃夹子做他的女婿！接下来，他把所有罪责都算到了钟表匠德劳瑟迈耶和宫廷天文学家的身上，觉得是他们的愚蠢导致了这一切的发生，于是下令将两人逐出都城，永远不得回来。

宫廷天文学家当初夜观星象时，并未预见到会发生这样糟糕的状况。但即便如此，他也没有气馁，而是决定重新观察星象，以便从中找到事情未来的发展轨迹。经过一番仔细研究，宫廷天文学家确信：星象结果显示，年轻的克里斯托夫·德劳瑟迈耶在目前的星位上仍会有十分不错的前程。尽管他的身体样貌变得丑陋不堪，可有朝一日他终将会成为王子和国王！况且，胡桃夹子身上的魔咒并非无法破解，只要满足两个条件，他就可以恢复原来的样子。老鼠王后毛瑟林克斯之前生下的七个儿子都已经死了，她的第八个儿子生来就长着七颗脑袋。那么，第一个条件就是这只长着七颗脑袋的老鼠做了鼠王，最后死在克里斯托夫·德劳瑟迈耶的手里。第二个条件则是必须有一位女孩，不在意克里斯托夫·德劳瑟迈耶丑陋的外表，真心实意地爱上他，那么魔咒才会消失。

事实上，每年的圣诞节，真的有人在纽伦堡克里斯托夫·德劳瑟迈耶父亲的铺子里见到过他的身影。尽管他只是个咬坚果的胡桃夹子，但的确是以王子的身份出现在那里的。

可爱的孩子们，《硬坚果的童话》讲完了。现在你们应该明白了吧，为什么人们遇到难题时总会说"这真是颗硬坚果"。另外，胡桃夹子如此丑陋的原因你们也清楚了,对不对?

高等法院顾问德劳瑟迈耶教父就这样结束了自己的讲述。玛丽听了故事认为,皮尔丽帕特公主自私又讨厌,是个忘恩负义的姑娘,她不该那么无礼地对待胡桃夹子。弗里茨的想法却不同,他觉得胡桃夹子要真是勇敢坚毅的男子汉,就该与老鼠王正面对决,直接杀了对方,恢复以前的英俊模样。

第十章
叔叔与侄子

最尊敬的读者或者听众朋友们，倘若你们之中有谁曾经不慎被玻璃划伤过，那么一定知道那是一件多么折磨人的事情，伤口不仅非常疼痛，而且迟迟愈合不了。由于一站起身来就感觉头晕目眩，玛丽不得不在床上躺了整整一个星期的时间。直到彻底痊愈，她才又能像之前那样在房间里快快乐乐地蹦跳撒欢儿，跑来跑去。

身体康复以后，玛丽发现玻璃橱柜已经焕然一新了，里面的东西被整理得井井有条，看起来整洁又漂亮。精致的小房子，一簇簇的花朵，穿戴华丽、模样出众的人偶……只是瞧上几眼就觉得赏心悦目。当然，最最重要的是，玛丽重新找到了她心爱的胡桃夹子！此时此刻，胡桃夹子正站在橱柜的第二层，默默地注视着玛丽，露着两排整齐的白色牙齿对着她微笑呢。

玛丽满心欢喜，把眼睛睁得大大的，盯着他看了又看，就像在审视一件稀世珍宝。然而，看着看着，她心里忽然一沉，想到了一件事情：德劳瑟迈耶教父所讲的故事，不正是胡桃夹子与老鼠王后毛瑟林克斯母子战斗的故事吗？意识到这些以后，玛丽再也高兴不起来了。现在，她终于明白了，眼前的胡桃夹子不是别人，正是那个来自纽伦堡的年轻人克里斯托夫·德劳瑟迈耶，也就是说，他还有一重身份——德劳瑟迈耶教父的侄子。遗

憾的是，他被老鼠王后毛瑟林克斯施了魔咒，变成了如今这副样子。至于皮尔丽帕特公主高高在上的国王父亲，他王宫里面的那位手艺精湛的钟表匠兼秘术师，也从来不是别的什么人，只能是高等法院顾问德劳瑟迈耶教父本人，玛丽在聚精会神听故事的时候就意识到了这一点，对此她深信不疑。

"既然德劳瑟迈耶教父是你的叔叔，他为什么不帮助你呢？真奇怪！他无论如何都应该帮助你的呀！"玛丽不满地嘀咕着。这时，那场异常激烈的大战再一次生动地浮现在她的脑海里，原来那场生死对决对胡桃夹子至关重要，关系到他的王位与整个王国呀。

"可是，在那场大战中，明明所有的人偶都已臣服于他了！况且，宫廷天文学家曾根据星象预言，年轻的克里斯托夫·德劳瑟迈耶总有一天会成为人偶国的君主。难道预言不灵了吗？"聪慧的玛丽不停地琢磨着这一切，尽管对此百思不得其解，但她始终坚信，胡桃夹子和他的那些人偶一定还活着，并且能够行动自如。

然而，事实并非如此，准确地说，情况十分不妙，因为橱柜里的人偶全都一动不动地站在那里，没有丝毫反应，就像死气沉沉的僵硬蜡像。玛丽默默注视着他们，不愿轻易放弃自己的信念，于是就把这一切归咎于老鼠王后毛瑟林克斯和她那个长着七颗脑袋的儿子身上，觉得都是他们的魔咒搞的鬼。

"好吧。"玛丽轻轻叹了一口气，然后大声对着胡桃夹子讲道，"亲爱的克里斯托夫·德劳瑟迈耶先生，请您听我说，虽然您现在动不了，也没办法跟我说话，但我清楚您一定能听懂我在说什么，了解我的心意，知道我有多么渴望与您在一起。倘若您需要什么帮助，请尽管开口，我一定竭尽全力想办法。即便做不了什么，我也会去求你的叔叔，让他在必要的时候见机行事，施以援手。希望您无论如何都要相信我！"

这番话过后，胡桃夹子仍旧安安静静地站在原地，纹丝不动。

就在玛丽有点儿失望的时候，橱柜里传来一声轻微的叹息，透明的玻璃也好像发出了一种几乎听不见但又极其美妙的响声，那感觉就如同清脆的挂钟在用银铃般的嗓音缓缓吟唱：

善良的小玛丽呀，

美丽的守护天使，

你对我真是太好了！

我愿意把自己交给你，

相信我，我将只属于你！

善良的小玛丽呀，

我的小玛丽！

玛丽听后，忍不住脊背发凉，打了一个冷战，一种莫名的恐惧开始萦绕全身，但与此同时，又有种说不清道不明的舒适和惬意盘踞在心头，久久不散。

金灿灿的太阳渐渐躲到山后面去了，天边的云被落日的余晖染得红彤彤的，连大地也笼罩在一片绚烂静谧的霞光里。黄昏时分，医务顾问施塔尔鲍姆先生和德劳瑟迈耶教父一起走进了屋子。没一会儿，姐姐露易丝摆好了小茶几，于是一家人不约而同地围坐下来，开始兴致勃勃地谈论各种各样的趣事。

玛丽见大家没注意，灵机一动，悄悄地搬来自己的小靠背椅，坐到了德劳瑟迈耶教父身边。等到大家停下不说话的间隙，她眨巴着大眼睛，一脸严肃地注视着这位高等法院顾问说："尊敬的德劳瑟迈耶教父，现在我搞清楚了，我心爱的胡桃夹子就是那个来自纽伦堡的年轻人克里斯托夫·德劳瑟迈耶，也就是说他是您的侄子；记得您提过，您的那位同伴宫廷天文学家曾预言，他一定会成为王子，哦，不，准确地说应该是国王。但您应该明白，现在情况十分糟糕，之前他在与老鼠王后毛瑟林克斯的儿子——那个长着七颗脑袋的丑陋的鼠王进行殊死较量时吃了大亏！您当时为什么眼睁睁看着这一切发生，不肯去帮帮他呢？"接下来，玛丽整理心绪，将自己所看到的那场生死决战的过程一五一十地讲给大家听，奈何时不时地就会被母亲和姐姐露易丝的笑声打断。不过弗里茨和德劳瑟迈耶教父倒是全程都听得极为认真，生怕错过什么细节似的。

"这姑娘脑子里怎么会有这么多奇怪的念头！真不知道它们都是从哪儿来的！"父亲施塔尔鲍姆先生无奈地笑笑，显然不相信玛丽的话。

妈妈听后，认为玛丽会有这样天马行空的想法是病痛造成的："唉！她虽然想象力丰富，但这些不过是受伤后发高烧所产生的梦境而已！她竟误以为那全都是真的。"

"你说的肯定不是真的！"弗里茨跳起来，信誓旦旦地表示，"我的匈牙利轻骑兵怎么可能是贪生怕死的胆小鬼呢？这不可能！要是真的像你所讲的那样，我可得好好教训教训这群家伙了！尤其是那个可恶的军官马内尔卡！他的责任最大。"

这时，德劳瑟迈耶教父却神情古怪，露出了意味不明的笑容。片刻过后，他轻轻抱起小玛丽，把她放到自己的膝盖上，接着用无比温柔的语气说道："啊，亲爱的玛丽，这个故事实在是太精彩了！完全超乎大家的想象！你知道吗？你天生就是一位公主，就像皮尔丽帕特那样，你也统治着一个美丽富饶的王国。若是你觉得被施了魔咒的胡桃夹子非常可怜，十分同情他，想要照顾他，你可能要做好吃尽苦头的准备。因为那只长着七颗脑袋的鼠王正派遣属下全力追杀他！不过，能帮助他的人不是我，而是你——玛丽。相信我，你一个人就可以拯救他于水火，所以你必须坚定自己的信念，保持忠诚，勇往直前，说什么也不能退缩，懂了吗？"

包括玛丽在内的所有人都被德劳瑟迈耶教父的这番话弄迷糊了，完全不明白他在说什么，又有什么深意。施塔尔鲍姆先生甚至觉得德劳瑟迈耶教父的举动十分反常，于是忍不住上前摸了摸他的脉搏，然后略微思索了一下说："哦，我亲爱的老朋友，你现在大脑出现了严重的充血现象，安全起见，我得给你开点儿药。"

一旁的施塔尔鲍姆夫人似乎想到了什么，显得忧心忡忡，她摇了摇头，低声道："我大概能猜到德劳瑟迈耶教父的意思，只是……只是我现在不知道该怎么讲。"

第十一章
最后的胜利

　　这天深夜,银盘大小的明月高悬在空中,皎洁的月光洒下来,把大地照得亮堂堂的,恍如白昼。此时此刻,万千生灵都进入了甜美的梦乡,一切是那么静谧。可是很快,一阵奇怪的砰砰声打破了平静,玛丽被吵醒了。她睁开惺忪的睡眼,伸着耳朵听了听,这才确定声音是从房间的某个角落传过来的。玛丽屏气凝神,仔细辨认了一会儿,感觉那有点儿像许多小石子被抛落到地板上滚动起来的声音,其中似乎还夹杂着一些刺耳的吱吱声和口哨声。

　　玛丽意识到可能有老鼠后,急忙慌张大喊:"啊!老鼠!老鼠又出现了!"她惊恐万分,第一时间想唤醒妈妈,但不知为什么无论怎么努力都发不出一点儿声音。玛丽完全吓坏了,身体一直瑟瑟发抖。接下来,她眼睁睁地看着长着七颗脑袋的鼠王从墙洞里钻出来,肆无忌惮地在房间里转来转去。他那十四只眼睛和七顶王冠被暗暗

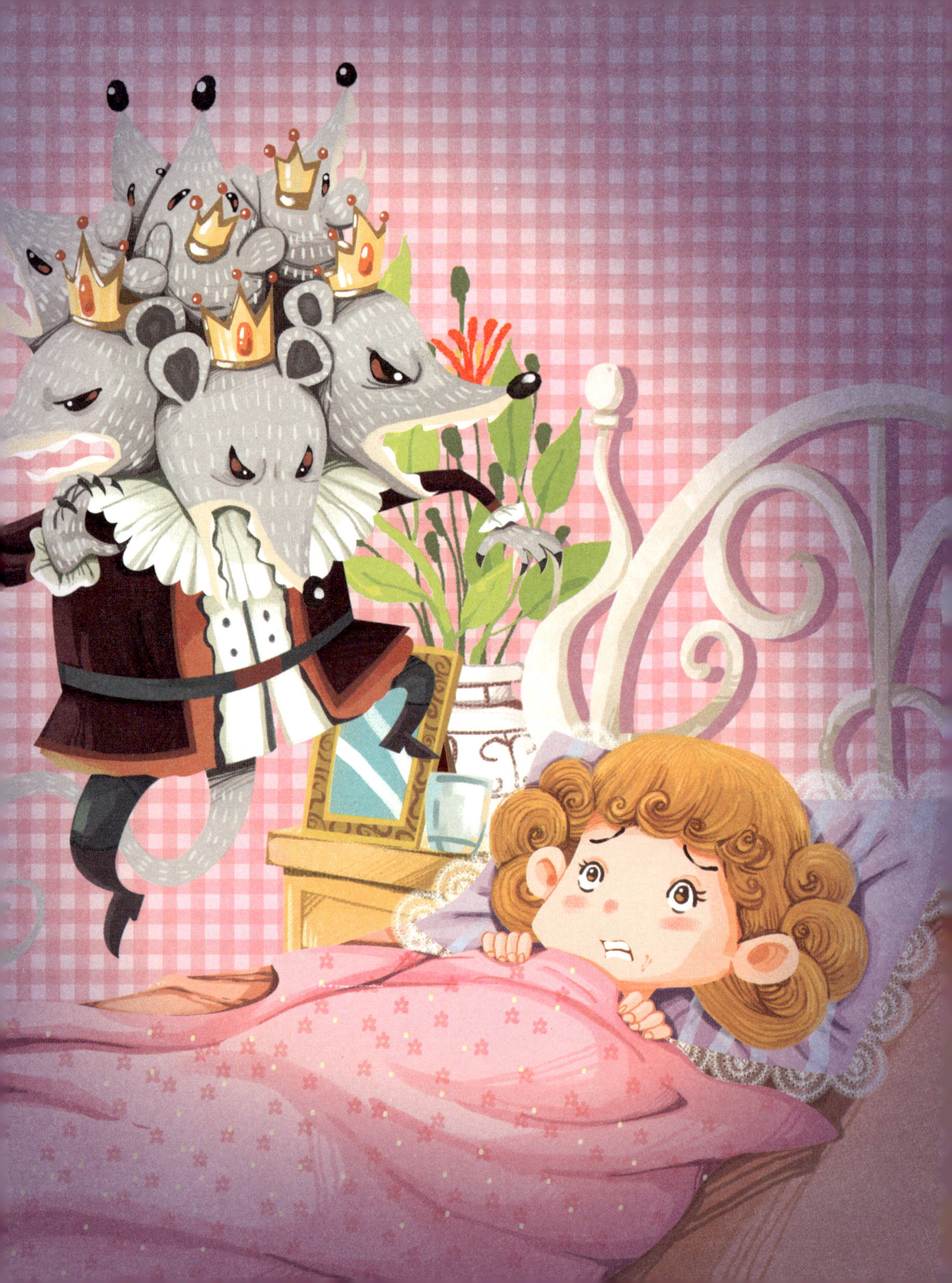

的夜色映衬得闪闪发亮，好像透露着浓浓的寒意。最后，老鼠王站定身子猛地一蹿，轻轻松松跳上了玛丽的床头。那一瞬间，玛丽感觉身体里流动的血液立刻凝固了，四肢僵硬得不能动弹，连心脏都快跳出来了！

吱吱——吱吱——
小丫头，别耍花招！
快把你的糖豌豆交出来！
快把你的杏仁糖交出来！
还有你宝贝的那些小玩意儿，
通通都交出来！
若是你不答应，
我就咬碎你心爱的胡桃夹子！
咬碎你心爱的胡桃夹子！

老鼠王恶狠狠地说完，一边把牙齿咬得咯咯响，一边吹起了刺耳的口哨，那声音简直难听极了。没一会儿，他灵活地从玛丽的床上跳到地面，然后几个闪身钻到墙洞里，消失了。

这惊人的一幕在玛丽的脑海里不停地循环播放，导致她第二天清晨起床时脸色惨白惨白的，心里惶恐不安，几乎连一句话都说不出来。玛丽曾无数次想把昨天深夜发生的一切告诉妈妈和姐姐露易丝，或者只是向弗里茨发发牢骚也好，说说自己受到的惊吓，但她想来想去又犹豫了："这种事情说出来谁会相信呢？他们听后大概也只会狠狠地嘲笑我吧？唉！还是算了！"不过，有一点玛丽非常确定，那就是为了救胡桃夹子，她必须按老鼠王的要求去做，交出糖豌豆和杏仁糖。因此到了晚上，她把自己所有的糖豌豆和杏仁糖都找出来，放到了玻璃橱柜前面。

第二天一大早，客厅里传来施塔尔鲍姆夫人的声音，"哦，可怜的玛丽，你瞧，昨天夜里不知从哪儿冒出来的老鼠，居然跑进客厅，把你的糖果全都糟蹋了！真是太可恶了！不过宝贝，希望你别太放在心上。"事实的确如此。显然杏仁糖看起来并不是很合老鼠王的胃口，这个讨厌的家伙用锋利的牙齿把它们全都咬烂了，没办法，只能全部扔掉了。需要说明的是，玛丽并没有多心疼那些糖果，相反，她倒是满心喜悦，因为她觉得自己救了胡桃夹子。

然而，事情还远远没有结束。当夜幕降临，熟睡中的玛丽耳边再次响起那令人惊恐的吱吱声和口哨声时，她又会是什么反应呢？该来的总会来，这天晚上，老鼠王真的又出现了。他看起来比前一天还要可怕，样子更加狰狞恐怖，他目露凶光，死死地盯着玛丽，咬牙切齿发出的声音令人不寒而栗、心惊胆战：

吱吱——吱吱——

　　小丫头，我又来了！哈哈——

　　昨天做得不错，但只有那些东西还远远不够！

　　快把你的糖果人偶交出来！橡皮糖人偶呢？

　　也全交出来！

　　没错！你珍藏的那些小东西都要交出来！

　　否则我就咬碎你的胡桃夹子，让你后悔莫及！

　　老鼠王说完，狠狠地瞪了玛丽一眼，然后吹着难听的口哨一溜烟不见了。

　　次日清晨，玛丽早早就醒来了。她忧心忡忡地走到玻璃橱柜前，望着里面的糖果人偶和橡皮糖人偶，不觉悲从中来。是呀，她怎么能不难过呢？这位被称为玛丽·施塔尔鲍姆的小姑娘，拥有的那些用糖果和橡皮糖所制作出来的人偶十分可爱。瞧瞧吧，一位长相英俊的牧羊人和一位青春靓丽的牧羊女正在放牧，他们身边是一大群雪白的小绵羊，一只活泼的小狗围绕着羊群蹦来蹦去，尽情地撒着欢儿，不远处，两个拿着信件的邮递员正迈着大步，一脸微笑地向他们走来；此外，还有四对登对的情侣在开开心心地做游戏，小伙子们个个长相出众，衣着整洁，姑娘们也都打扮得漂漂亮亮，非常时尚。此时此刻，他们坐在一个秋千上荡来荡去，玩得别提多陶醉了；几个跳舞的小人儿身后，站着的是菲尔德库默尔和奥尔良姑娘。其实，对于她们，玛丽并不是很在意，她真正放不下的是那个待在角落里的脸蛋红红的小男孩，他可是玛丽最珍爱、最宝贝的人偶。一想到要跟他分开，玛丽的眼圈就红了，泪水如断了线的珠子不停地往下掉。

"唉，怎么办呢？"玛丽望着胡桃夹子，深深地叹了一口气，"亲爱的克里斯托夫·德劳瑟迈耶先生，您知道的，为了您我什么都愿意做。可是，对我来说，做这个选择实在太难了！我好难过呀！"

再看胡桃夹子，他神情忧伤，眼泪汪汪的，也几乎要哭了。玛丽一下子想到了可怕的老鼠王，仿佛看到他正张着七张满是锋利牙齿的血盆大口，要把可怜的胡桃夹子吃掉似的。不行！她怎么能允许这种事情发生呢？可是如果救胡桃夹子就要舍弃掉那些可爱的人偶……玛丽思前想后，纠结了许久，还是做出了牺牲一切的决定。于是当天晚上，她忙前忙后把橱柜里的糖果人偶整理到一起，摆放到一边，然后逐一亲吻了牧羊人、牧羊女和那些可爱的小羊羔。随

后，玛丽抱起用橡皮糖做的小男孩人偶，没错，就是那个脸蛋红彤彤的可爱男孩，把他放到了最后面，现在这是玛丽唯一能为他做的事情了。理所当然，菲尔德库默尔和奥尔良姑娘不得不站在了队伍的最前面。

又一个清晨悄然而至。"天哪！我看到了什么？真是太可恶了！"一大早，施塔尔鲍姆夫人的声音就响彻整个客厅，"可怜的玛丽呀，看来昨天深夜又有只讨厌的臭老鼠钻进了玻璃橱柜，瞧瞧，瞧瞧，你那么宝贝的糖果人偶全都遭了殃，哎呀，怎么都被咬烂了！这个坏家伙！"

玛丽听到妈妈的话，伤心极了，忍了半天还是哭了。但很快她擦干眼泪，又露出了明媚的笑容，她在心里默默地为自己打气："玛丽，别难过，没关系的，重要的是现在胡桃夹子得救了呀，他安全了！"

晚上，德劳瑟迈耶教父来访，施塔尔鲍姆夫人告诉他，这几天深夜总有只老鼠跑到玻璃橱柜里面搞破坏。话刚说到一半，施塔尔鲍姆先生忍不住插话道："哼！想想就让人生气，我们竟然连只臭老鼠都对付不了！任由他在家里随意走动，跑到玻璃橱柜里胡作非为，把玛丽心爱的糖果人偶白白糟蹋了，真是可恶！"

这时，弗里茨兴奋地接过话茬，笑着说："啊，有了！我想到办法了！楼下面包师那里不是有只顶顶好的灰色公猫嘛，我去把他抱过来，相信以他的能力会很快解决掉那些家伙的！管她是毛瑟林克斯，还是她的儿子老鼠王，对那只强壮的公猫来说都是小菜一碟，就让他们等着一命呜呼吧！"

"然后呢？接下来怎么办？"施塔尔鲍姆夫人笑着摇了摇头，不赞同弗里茨的做法，"要知道，那只公猫肯定会在家里到处乱窜，万一碰到玻璃杯和茶杯就糟了！不仅如此，说不定它还会制造更多、更严重的损失出来！我觉得我们需要好好考虑一下再决定。"

"不，怎么会呢？你说的这些都不可能发生！"弗里茨回答，"面包师的那只灰色公猫乖巧又灵敏，你们不知道，我有多想像他一样优雅地踮着脚，在尖尖的屋顶上走来走去。"

话音未落，一旁的姐姐露易丝请求道："说实话，我可不希望晚上家里有只公猫，还是算了吧，好吗？"她向来对猫没什么好感。

这时，半天没说话的施塔尔鲍姆先生给出了另一个建议，"其实弗里茨说的也有些道理。不过，我们可以先在家里安装捕鼠器，看一看效果。咱们家里有捕鼠器吗？"

"捕鼠器不就是德劳瑟迈耶教父发明的吗？最好还是让他给咱们做一个吧！"弗里茨的声音很大。

众人一听，忍不住哈哈大笑。在施塔尔鲍姆夫人明确表示家里没有捕鼠器后，德劳瑟迈耶教父告诉大家，这种东西他家里多得很，于是马上派人回家去取。没多久，那人就拿着一个十分精致的捕鼠器急匆匆地回来了。

现在，弗里茨和玛丽几乎把《硬坚果童话》这个故事当真了。比如，此刻，女厨师道尔夫人正在煎肥肉，为大家准备餐食，可玛丽看到后却吓得浑身发抖，直冒冷汗，因为她满脑子都是童话里的那些奇幻情节及自己的可怕经历。恍恍惚惚间,她走到道尔夫人身边,用怯生生的语气说:"尊敬的王后陛下,我想提醒您一下,千万要注意提防老鼠王后毛瑟林克斯及她的家人!当心他们来搞破坏。"旁边的弗里茨则气势汹汹地拔出军刀,一脸严肃地说道:"哼,尽管让这些家伙来好了,看我怎么好好地收拾他们。"然而等了半天,炉灶上下始终安安静静的,没有任何异动。

过了一会儿,高等法院顾问德劳瑟迈耶教父取来一片油滋滋的肥肉,巧妙地将它拴到捕鼠器中的一条细线上,接着又小心翼翼地把捕鼠器放到了玻璃橱柜边,没有发出一点儿声响。谁知,弗里茨见状却大叫起来:"千万注意呀!亲爱的钟表匠教父,可别再让老鼠王把您给耍喽!"

接下来,让我们来瞧瞧可怜的小玛丽是如何度过这个夜晚的吧。

半梦半醒之间,玛丽觉得有什么东西在自己的胳膊上扑腾来扑腾去,那东西凉凉的、糙糙的,好像是细细的小爪子。之后,令人厌恶的小爪子还贴到了玛丽的脸上,吱吱唧唧的声音也一直充斥着她的耳膜。没错,可恶的老鼠王又一次出现了!老鼠王爬到玛丽的肩膀上,张着七张大嘴,流着红红的腥臭味的口水,把牙齿咬得咯咯响。最后,他在已经吓得六神无主、浑身动弹不得的玛丽耳边嘶嘶道：

　　嘶嘶——嘶嘶——
　　小丫头，我警告你，
　　千万别踏进那屋子一步，
　　也别妄想去参加什么宴席，
　　那样才不会被捉住。
　　哈哈——吱吱——

　　把你所有的图画书交出来，
　　把你所有的漂亮小衣服交出来，
　　如若不听我的，你将不会获得安宁！
　　我将咬碎你心爱的胡桃夹子！

　　咬碎你心爱的胡桃夹子！哈哈——吱吱——

　　可想而知，玛丽因担惊受怕整夜都没有睡好，心里充满了痛苦和悲伤。清早起床以后，当从妈妈口中得知可恶的老鼠还没有被捉住时，她的心情简直沉到了谷底，脸色也变得更加苍白了。妈妈看到宝贝女儿面色憔悴，神情恍惚，还以为她是在为失去糖果而难过，同时又害怕见到老鼠，于是温柔地安慰她说："我的宝贝，你只管放心,我们一定想办法把讨厌的老鼠给赶走,要是德劳瑟迈耶教父的捕鼠器没什么效果,就让弗里茨去把那只灰色的大公猫抱来好啦,麻烦总会解决的。"

妈妈一离开客厅,玛丽就来到玻璃橱柜前,望着里面的胡桃夹子泪眼婆娑地说起了悄悄话:"唉,善良的克里斯托夫·德劳瑟迈耶先生,我现在进退两难,不晓得自己这个可怜又无助的姑娘还能继续为您做点儿什么。若是我顺从老鼠王的要求,把所有的图画书交出来,哦,还有金发天使送给我的新连衣裙,我把它也交出来,然后任由老鼠王将它们咬成碎片,难道他就会就此作罢吗?难道他就不再没完没了地提各种新要求了吗?不可能的,到头来他只会变本加厉,弄得我一无所有,最后,他甚至有可能咬死我,而不是您!想想看,我多么可怜啊!我接下来究竟该怎么办呢?谁能帮一帮我?"

玛丽正在抽噎,一句一句地哭诉,不经意抬眸看到胡桃夹子脖子上有块血迹,那是在那天晚上的大战中留下的。事实上,自打玛丽得知胡桃夹子的身份是年轻的克里斯托夫·德劳瑟迈耶——也就是高等法院顾问德劳瑟迈耶教父的侄子后,她就再也没像之前那样拥抱他、亲吻他,把他紧紧地抱在怀里了。是的,出于对他的尊敬及少女的羞涩和小心思,玛丽连碰一下他都会觉得难为情。但现在事关胡桃夹子的安危，玛丽也顾不得那么多了。她小心地把胡桃夹子从玻璃橱柜里取出来，然后用手帕一下一下地为他擦拭血迹，动作轻柔极了，生怕弄疼了他。擦着擦着，玛丽突然感觉手中的胡桃夹子有了体温，眨眼的工夫，他还开始扭动起身子来了！玛丽吓了一跳，赶紧把他放回玻璃橱柜里。就在这时，胡桃夹子的嘴巴居然一张一合，吃力地出声低语道："哦，尊敬的施塔尔鲍姆小姐，我最善良、亲爱的朋友，您为我所做的事情我感激不尽，不知道怎么报答您。不，您不必再为我牺牲那些图画书了，也不要牺牲金发天使

送您的珍贵裙子！您只需要再帮我找到一把剑就行，至于其他事情我自己来解决，它能……"讲到这里，胡桃夹子忽然停住没声音了，就连刚刚满是忧伤的双眸也变得呆滞无神，毫无波澜。

谁料，玛丽看到胡桃夹子这副样子，非但没有害怕和担忧，反而高兴得跳了起来。因为现在，她终于知道了一个两全之法，既能拯救可怜的胡桃夹子，又不必忍痛做出更多牺牲。可想而知，玛丽是多么欢喜呀！那么问题来了，她去哪里为胡桃夹子弄一把剑来呢？

左思右想，玛丽决定去找弗里茨，看看他有没有什么好办法。这天晚上，当爸爸妈妈离开客厅去休息后，兄妹俩一起坐在玻璃橱柜前聊天，玛丽趁机把胡桃夹子一系列的遭遇及与老鼠王的纠葛全都告诉了弗里茨，同时还严肃地表示，眼下迫在眉睫的事情是如何拯救胡桃夹子。弗里茨似乎对玛丽叙述的事情不大在乎，兴致不高，唯有听到那支匈牙利轻骑兵在大决战中表现得十分差劲时，他才变得很生气，觉得他们应该受到惩罚。接着，弗里茨又特别郑重其事地问了玛丽一次，当时那些士兵是否真的那么糟糕，面对敌人胆小怯懦，溃败而逃。玛丽点点头，再三保证自己所说的都是真的。弗里茨听了怒不可遏，气冲冲地走向那些匈牙利轻骑兵，劈头盖脸狠狠地训斥了他们一番。这还不算，他又接连扯下他们军帽上的徽章，以示对他们胆怯和自私的惩罚。与此同时，弗里茨还冷峻地宣布，未来一年，这些人将失去演奏《匈牙利轻骑兵进行曲》的资格。惩戒完部下以后，弗里茨才转身对玛丽说："对了，你刚刚提到，胡桃夹子需要一把剑？这件事好办，我可以帮忙。就在昨天，我刚好让一位上了年纪的胸甲骑兵带着养老金退役了，他那把锋利又漂亮的宝剑以后也没什么用武之地了，依我看就给胡桃夹子好了！这样问题不就解决了吗？"

此刻，在玻璃橱柜第三层最里面的角落，弗里茨所说的那位年迈的胸甲骑兵正喜滋滋地望着沉甸甸的养老金，沉浸在解甲归田的喜悦中。弗里茨轻轻地把他移到前面来，摘下那把闪闪发亮的精美佩剑，挂到了胡桃夹子的身上。

一眨眼，时间来到深夜。玛丽躺在床上辗转反侧，怎么也睡不着。是的，她既紧张又害怕，心中如同一团乱麻。午夜时分，她好像听到客厅那边出现了一阵奇怪的响动，先是轰隆轰隆——叮叮当当——哗啦哗啦的声音，紧接着是一声突兀的尖叫，吱——

"老鼠王！是老鼠王！他来了！"玛丽惊慌失措，一边失控大喊，一边迅速跳下了床。然而，房间里却一片寂静，始终没有任何异样。过了一会儿，房门被轻轻地敲响了，门外传来一个微弱而礼貌的声音:"最最善良可爱的施塔尔鲍姆小姐,不要害怕,尽管放心大胆地把门打开吧!是我!我为您带来了一个难得的好消息。请您开开门,我亲自讲给您听,好吗?"

玛丽听出来了!那是年轻的克里斯托夫·德劳瑟迈耶的声音!一瞬间,所有的恐惧和不安都烟消云散了,她飞快地套好自己的小裙子,噔噔噔地跑去开门。门打开了!此时,胡桃夹子正左手举着一支蜡烛,右手拿着那把带血的宝剑,恭恭敬敬地站在门外。

一见到玛丽,胡桃夹子立刻单膝跪地,用无比真诚的口吻说道:"啊,尊贵的施塔尔鲍姆小姐!只有您,是的,是您用骑士般的勇敢和坚毅改变了我,重新塑造了我,让我无畏坚强,使我的臂膀充满力量,使我敢于同那些嘲弄讥讽您的狂妄之徒拼死战斗!我要告诉您,那个狡诈无耻的老鼠王已经被我打倒在地,现在正躺在血泊里垂死挣扎呢!很快,他就将为自己过去的所作所为付出生命的代价。那么现在,善良的小姐,请您屈尊,从对您至死不渝的骑士手中接过属于胜利者的战利品吧!"

说着,胡桃夹子敏捷地从左手腕上捋下刚刚缴获的老鼠王的七顶王冠,献给了玛丽。玛丽满心欢喜,毫不犹豫地接了过来。

胡桃夹子见状微微一笑,站起身来继续表达自己的心声:"啊!

最最善良可爱的施塔尔鲍姆小姐,我历尽艰辛,浴血奋战,总算打败了可恶的敌人。现在,我想请您赏光跟我去见识一些美妙的东西。倘若可以的话,就请您跟随我的脚步一起来吧。哦,尊贵的小姐,请跟我来吧,真诚地恳求您跟我来吧!"

第十二章
人偶王国

纯真可爱的孩子们,我相信倘若是你们,谁都不会有片刻犹豫,肯定马上接受胡桃夹子诚挚的邀请,跟着诚实善良、心中从无恶意的他一起走。自然而然,玛丽就更不用说了,她十分清楚,胡桃夹子一直对她心怀感激,所以必然没什么坏心思。玛丽信任他,觉得他能履行诺言,带她看许多许多美妙的东西。

于是,她莞尔一笑,点点头答应了:"克里斯托夫·德劳瑟迈耶先生,我很乐意跟随您前往,但希望您别走得太远,也别耽搁过久。要知道我昨夜一直担惊受怕,其实完全没有睡好。"

"好的,我明白,尊贵的小姐。"胡桃夹子说道,"我会选一条最近的路,只是那可能稍微难走一点儿。"

说完,胡桃夹子迈开脚步,在前面带路,玛丽亦步亦趋在他身后，像个小跟班儿。他们走了一会儿，最后在走廊那个老旧笨重的大衣柜前停下了脚步。玛丽定睛一看，顿时觉得惊讶极了，因为往日一向紧闭的衣柜此刻却大敞着柜门，她清楚地瞧见爸爸旅行时常穿的那件狐皮大衣挂在里面。说时迟那时快，就在玛丽发愣的间隙，胡桃夹子已经抓着衣服边缘的装饰物三下五除二爬到了狐皮大衣的后面，动作相当灵活。接着，他找到垂在大衣后面的一根粗线绳，用力拉上面的流苏穗，下一秒，有意思的事情发生了！大衣的袖子里居然滑下来一架精巧无比的香柏木软梯！

"尊贵的小姐，请您爬上来吧！记得注意脚下，小心一点儿。"

胡桃夹子特意提高嗓音大声说道。

玛丽依言照做，通过软梯一点儿一点儿往上爬。然而还没等她完全钻过衣袖，也就是刚刚从衣领冒出头，一道炫目的白光就突然迎面向她袭来。一个闪神，玛丽已置身于全然陌生的环境，周围变成了一片芬芳美丽的草地，草丛间是无数颗眨着眼睛的小星星，犹如无数的宝石在闪闪发亮，放射着光芒。

"这里是冰糖草地，"胡桃夹子见玛丽一脸茫然，耐心地解释，"不过我们不能停留，需要马上通过前面那扇大门。"玛丽顺着胡桃夹子所说的方向望去，这才注意到，眼前有扇雄伟高大的门，距离他们只有咫尺之遥。大门看上去好像是用白色大理石建造而成的，上面似乎还夹杂着一些黄褐色的斑点。等走近了才发现，那大门竟然是用杏仁糖和葡萄干烘烤而成的！真是太神奇了！胡桃夹子适时地介绍说，他们正在通过的这道门其实就叫"杏仁葡萄干门"，不过人们通常喜欢称它为"大学生的零食门"。

门洞里延伸出一条长长的回廊，看样子是用麦芽糖建造的。回廊上有六只活泼好动的小猴子，身穿红衣，此时正吹吹打打演奏着著名的《土耳其进行曲》，余音绕梁，听起来极为动人。玛丽陶醉其中，不知不觉顺着脚下的彩色大理石路越走越远，最后径直穿过了美丽的草地。事实上，那铺在路上的并不是什么大理石，只是精制的奶油杏仁糖罢了。

走着走着，玛丽和胡桃夹子四周弥漫起一股甜甜的味道，气味是从不远处的树林里飘过来的。这片树林两侧空阔得很，可以清楚看到里面的神奇景象：数不清的黑叶层层叠叠，簇拥着彩色的枝杈，耀眼的金果、银果灿若繁星，点缀其中；树干和枝条上则挂满了五颜六色的彩带和花束，整个画面就像一对新婚夫妇的婚礼现场，华丽且典雅；缕缕微风吹过，橘子的香气在空中摇曳荡漾，沁润每一个角落；树叶翩翩起舞，沙沙作响，金箔随风而动，发出噼里啪啦的声音，怎么听怎么看都像是在演奏喜庆的乐曲；小蜡烛一闪一闪，忽明忽暗的，像是踩着鼓点，随着音乐的节拍欢快律动。

"天哪！这是什么地方？好美呀！"玛丽忍不住发出感叹，很显然，她已经对这片树林完全着了迷。

"亲爱的小姐，这是圣诞树林。"胡桃夹子注视着玛丽，温柔地说。

"噢！"玛丽闻言说道，"克里斯托夫·德劳瑟迈耶先生，我能在这里多待一会儿吗？这地方实在太美了，我还舍不得离开。"

胡桃夹子微微一笑，拍了拍手，树林里马上走出来不少牧羊人和猎人，有男有女，长相各不相同。这些人的皮肤像剥了壳的鸡蛋似的，白嫩白嫩的，仔细一看竟然是用纯白糖做的，简直令人叹为观止。其实，他们之前就一直在树林里散步，只不过玛丽被别的东西深深吸引，没有发现。现在，他们搬来了一把金色扶手椅，上面还放着白色的软软的坐垫，礼貌地邀请玛丽就座。玛丽先看看他们，又看看胡桃夹子，在看到他鼓励的眼神后才慢慢地走了过去。有趣的事情还在后面，玛丽刚一落座，牧羊人和牧羊女就跳起了优雅的芭蕾舞，猎人们则在一旁忘情地吹打，为他们伴奏，好不热闹。等到表演一结束，这些人就速速离开，全都消失在了密林里。

"请您谅解，"胡桃夹子语气低沉，言谈举止尽显绅士风度，"最尊贵的施塔尔鲍姆小姐，刚才的舞蹈表演看起来一定很蹩脚吧？还请您原谅，他们都是提线芭蕾舞演员，只能一直重复相同的动作，没办法做别的；有的猎人伴奏时也是昏昏欲睡，毫无精神，这其实也另有缘故。虽然糖果篮就挂在他们头顶的圣诞树上，但对他们来说还是太高了。接下来，我们四处走走，去别的地方转一转吧，怎么样？"

"啊，这里的一切都是那么那么美！太让我心动了！"玛丽由衷地感慨，随后恋恋不舍地站起身，跟着胡桃夹子向前走去。他们脚步轻盈，沿着一条小河徐徐而行。河水潺潺，声音婉转，好像恋人间的甜蜜絮语。尤为不可思议的是，河水还源源不断地散发着醉人的香甜气息，萦绕整片树林。

"您闻到香味了吧？河里面流淌的是橘子水。"似是察觉到了玛丽疑惑的目光，胡桃夹子告诉她说，"虽然它能散发出诱人的香气，不过就宽度和美丽程度而言却远远比不上柠檬水河，因为后者是那么浩荡和壮丽！但它们也有一个共同点——最后都汇入杏仁奶湖。"

没走多远，玛丽的耳畔就传来了波涛汹涌的流水声，柠檬水河到了！宽阔的水面蜿蜒曲折，从茂密的灌木丛间穿过。琥珀色的波浪泛着宝石一样的光泽，滚滚向前，把原本密密匝匝、稍显暗淡的灌木丛映照得清晰透亮，如同涂上了一抹亮眼的翠色。洪波起伏的水面上，不时飘来阵阵清香，格外凉爽怡人，迷醉鼻息。不远处，一条深黄色的小河静静流淌，水面也散发着一种特殊的香气。岸边三三两两有许多不同肤色的孩子，看起来漂亮又可爱，他们正坐在那儿专心致志地钓鱼。胖乎乎的小鱼儿似乎一旦上钩，就会被孩子们立即吃掉。等到越走越近玛丽才发现，那些所谓的鱼儿原来是一颗颗圆鼓鼓的榛子果仁。

这时，玛丽不经意抬头，看到距离河岸稍远一点儿的地方有座美丽的小村庄，其中房舍、谷仓、教堂以及牧师住所应有尽有。这些建筑大都是深褐色的，装饰着金黄金黄的屋顶，漂亮极了！一部分建筑的墙壁被刷得五颜六色的，看上去就像贴满了柠檬皮和杏仁，相当特别。

"您看到的是姜饼村。"胡桃夹子望着那座小村庄，若有所思，"它坐落在蜂蜜河畔，要知道，这个村里的村民长得非常漂亮，不过因为人人患有牙痛症，他们大多性情暴躁，容易发怒，安全起见，我们就不去那里了。"

话音未落，玛丽的视线又不自觉地被另一座美丽的小镇吸引了，那里到处是精致的彩色透明房子，恍若童话故事里的梦幻之城。胡桃夹子没说什么，径直朝着小镇走去，玛丽一边默默跟在后面，一边眨巴着大眼睛打量这个"新世界"。镇上车水马龙，一派热闹繁荣的景象。几百个可爱的小人儿忙忙碌碌，做着各自的工作。他们有的在广场上细心检查满载货物的卡车，有的在卸货，有的在分拆箱子和包装。远远看去，那些货物似乎是醇香的巧克力和精美的彩纸。

"我们现在所在的地方是糖果镇。"胡桃夹子继续耐心地为玛丽介绍，"您看到那些货物了吗？它们是纸国国王和巧克力国国王特意派人送过来的救援物资。最近，糖果镇有外敌入侵，遭到了一批

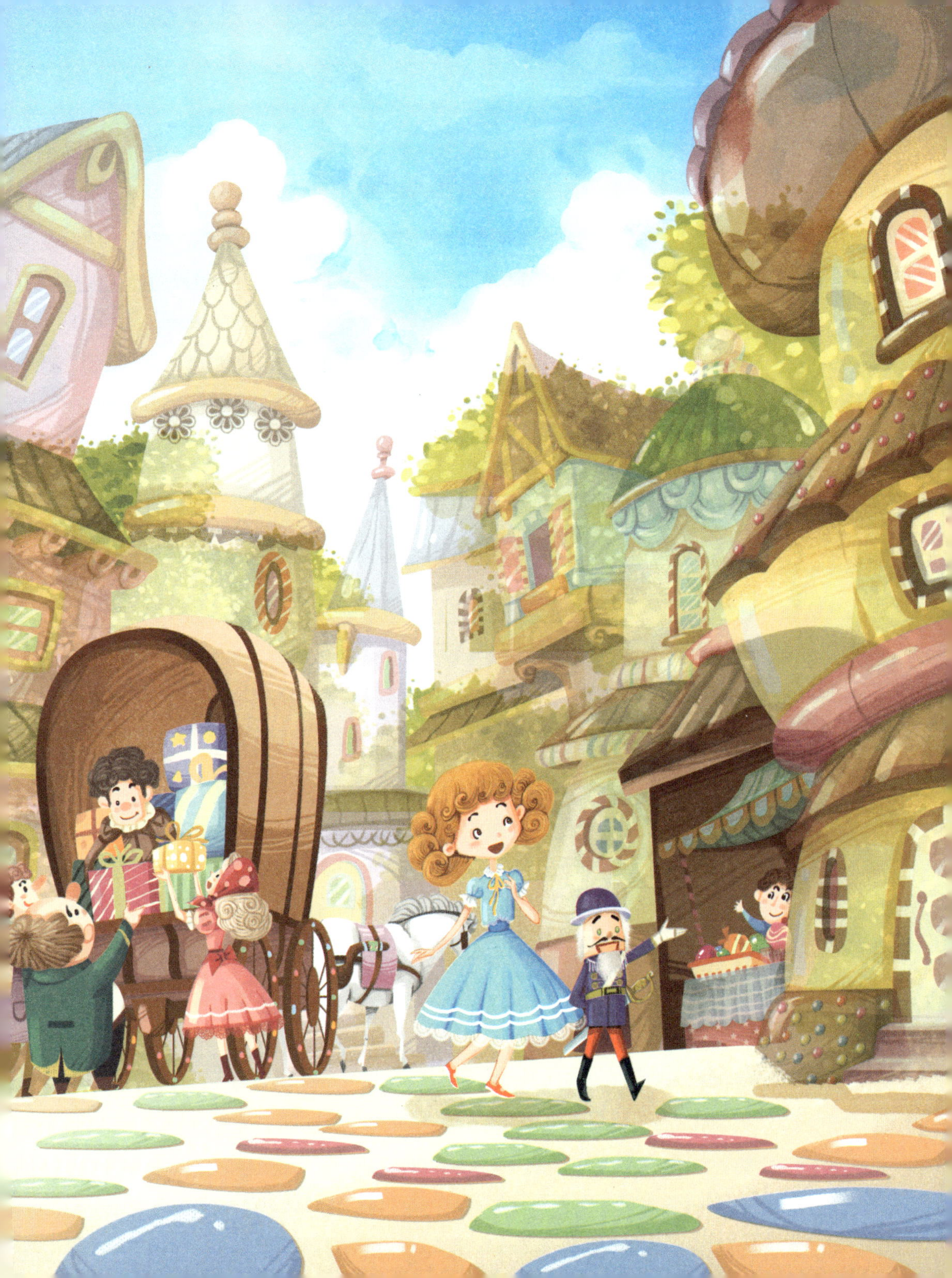

蚊子海军上将所率领的军队的围攻。为了保护自己的家园，这里的人们不得不用纸国国王送来的纸把房子全部包裹起来，用巧克力国国王送来的巧克力修建防御工事。不过，最尊贵的施塔尔鲍姆小姐，这里的城镇和村庄并不是我们此行的目的地，我们要访问的是都城！走吧，我们向都城进发！"

胡桃夹子说完，步履匆匆地在前面带路，玛丽满怀好奇，紧紧跟在后面。他们走了没一会儿，就闻到了一股浓烈的沁人心脾的玫瑰香味，恍惚间，周围升起一层薄薄的雾霭，玫瑰色的微光闪耀其中，似乎还在轻轻流动，将一切都笼罩了起来！玛丽四下环顾，结果发现这光是由一片玫瑰色的波光粼粼的水面反射产生的。红白色光交替闪烁，层层微波起伏荡漾，发出宛如乐曲般淙淙的声响。随着视线缓缓移动，一大片湖泊渐渐展现在眼前。此刻，广阔平静的湖面上有群带着金项圈的白天鹅，它们一边悠闲地游弋，一边伸颈唱着优美动人的歌曲。水中的鱼儿们似是听到了这天籁，纷纷随翻滚的波浪跃出玫瑰色的水面，跳起了欢乐的舞蹈，钻石般晶莹闪亮的身影忽隐忽现，宛若一个个活泼好动的精灵。

"哇！"玛丽看到这一幕，忍不住兴奋地叫出声来，"啊！我简直不敢相信自己的眼睛，这就是那片湖！它跟德劳瑟迈耶教父答应为我建造的那片湖简直一模一样！真的，我就是那个小姑娘，那个想用杏仁糖喂天鹅的姑娘。啊！我不是在做梦吧？"

谁知，胡桃夹子听后一脸嘲讽地笑了笑。玛丽从未在他的脸上见过这样的表情，一时有些摸不着头脑。几秒过后，胡桃夹子说道："恕我直言，亲爱的施塔尔鲍姆小姐，以我叔叔的造诣，恐怕永远都造不出如此美丽的景色，您自己来的话还十分有可能。您就别再为这件事浪费精力了！现在，我们还是快快乘船渡过玫瑰湖，前往都城吧！"

第十三章
王国都城

玛丽尚未回过神来，胡桃夹子又拍了拍手，一瞬间，眼前的玫瑰湖突然开始掀起更汹涌的波涛，发出更响亮的声音。玛丽觉得奇怪，正打算问个究竟，谁知远方的湖面上莫名出现了一艘贝壳车形的宝船，再一瞧，前面还有两只拉船的金色海豚！随着距离越来越近，玛丽终于看清了它的模样：船身通体镶嵌着彩色的宝石，光彩夺目；船上坐着十二个极其可爱的小黑人，他们个个头戴精致的帽子，腰系蜂鸟羽毛制成的围裙，看上去耀眼且神气。很快，那些小黑人纷纷跳上岸，合力抬起玛丽和胡桃夹子，划水缓缓前行，把他们放进了那艘贝壳车形宝船。待所有人登船以后，宝船随即乘风破浪，朝着湖中心的方向急速驶去。

玛丽坐在船里，四周弥漫着玫瑰的芳香，眼中是波涛激荡的美景，简直不要太惬意！她兴奋坏了，左顾右盼，生怕错过什么东西，一边观察还一边不停赞叹:"啊!实在太美了!太美了!"

浪花翻涌,两只金色海豚动作整齐划一,高高地昂起头,从鼻孔中喷射出两道晶莹的水柱。水柱在空中划出两道长长的弧线,然后变成了五彩斑斓的彩虹。当它们优雅的身躯再次落入水中时,湖面回荡起两个银铃般的声音:

是谁在玫瑰湖上游?

是可爱的小仙女呀!

哗啦哗啦,是小鱼儿呀!

扑啦扑啦,是白天鹅呀!

白天鹅是多么金贵的鸟儿。波涛拍打出浪花。

一阵风儿吹过,水急浪涌。

铃铛叮当,歌声轻响,

快瞧哇,小仙女出现了!她们翩然而至!

玫瑰湖哇,波浪滚滚,景色宜人,

玫瑰湖上碧波荡漾,一路向前,驶向前方!

或许是觉得海豚的歌声不怎么样,那十二个小黑人也马上行动起来了!他们大力地摇动海枣树叶编成的遮阳伞,使树叶相互摩擦,发出呼啦呼啦和沙沙沙的声响,与此同时还不忘用脚踏着奇怪的节拍，高声唱道：

啪啦啪啦，上上又下下，

啪啦啪啦，上上又下下，

黑人唱起歌来跳起舞，

声音宛如天籁。

灵活的鱼儿，到这边来吧，

漂亮的天鹅，到这边来吧，

贝壳车呀，也一起来吧，

啪啦啪啦，上上又下下。

胡桃夹子见到这一幕，眉头微皱，表情有些尴尬："这些小黑人还真是活泼好动啊！只是，再这么胡闹下去，简直要把湖水搅翻了！唉……"结果话音刚落，四周就响起一阵震耳欲聋的咆哮声，那怪声在湖面上回荡，听起来让人心神不宁，惊慌失措。但一心欣赏奇景的玛丽可顾不上在意这些，此刻，她正目不转睛地盯着翻滚的水浪沉思。玛丽发现每朵散发着玫瑰香气的浪花，似乎都是一张纯真无邪的女孩脸庞，而且神奇的是，她们一直在冲她微笑。

"天啊！"玛丽拍着小手，高兴地把这件事分享给胡桃夹子，"您快看哪，亲爱的克里斯托夫·德劳瑟迈耶先生！皮尔丽帕特公

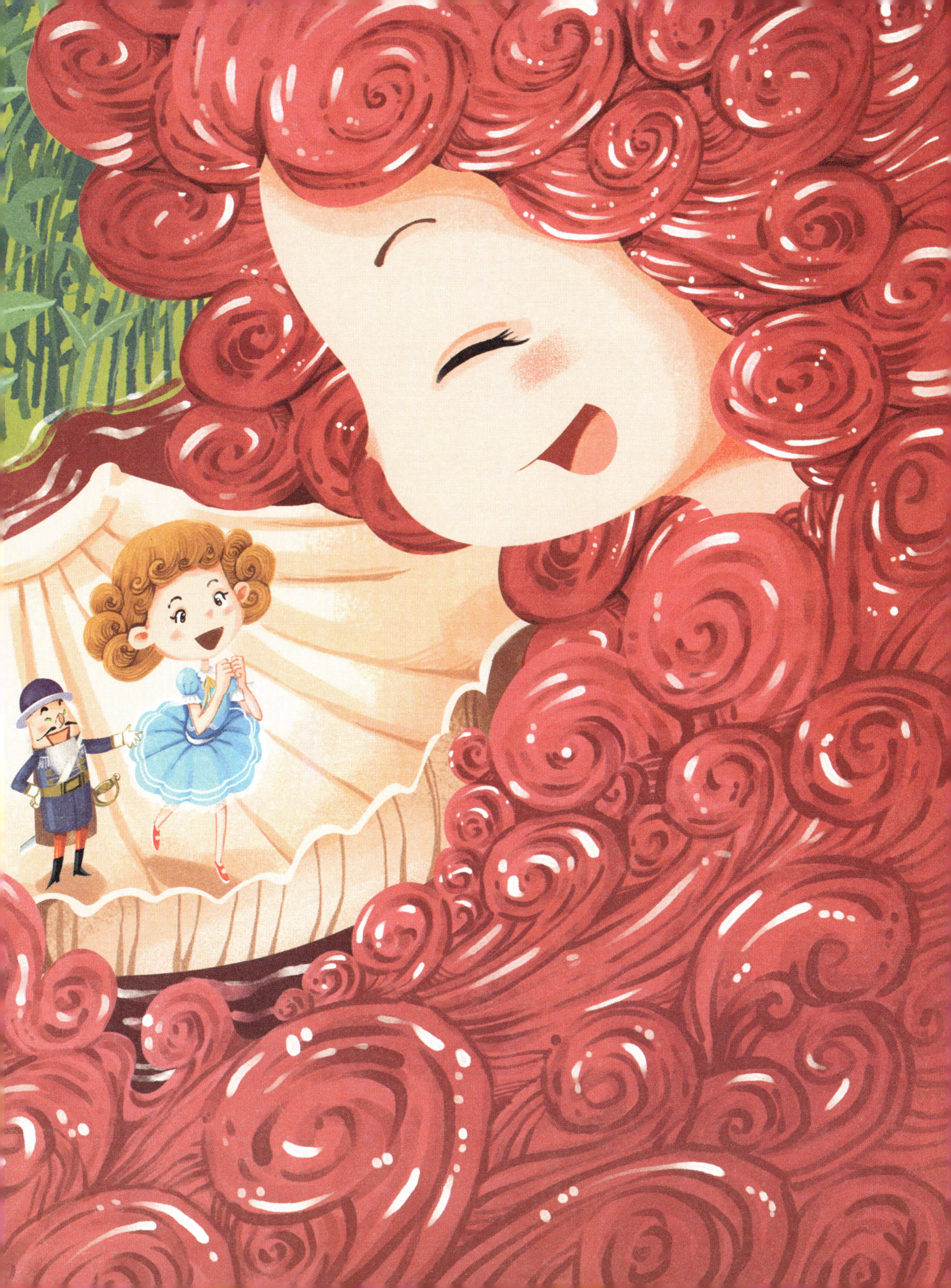

主在水里面！她对着我笑呢！您瞧，她笑得多甜！简直美得不可方物！哎，克里斯托夫·德劳瑟迈耶先生，快过来呀，您不打算看一看吗？"

胡桃夹子先是无奈地叹了口气，然后笑着回答："噢！最尊贵的施塔尔鲍姆小姐，那根本不是什么皮尔丽帕特公主，而是您自己！并且永远只能是您！相信我，只有您那张明艳纯真的脸庞能出现在玫瑰湖里，在每一朵散发着香味的浪花上微笑！"

玛丽一听，立刻羞红了脸颊，于是赶紧闭起眼睛，低了低头，扭向别处。这时，目的地似乎到了，那些小黑人动作麻利，把她从贝壳车形的宝船里抬出来，轻轻放到了地上。

现在，玛丽身处一片茂密的小灌木丛，这儿的景色甚至比刚才的圣诞树还要漂亮好几倍。树丛里的每棵小树都在闪闪发光，叶子透亮透亮的，树上则挂满了各种各样的稀有果实。果实不只颜色十分罕见，而且个个散发着扑鼻的异香。玛丽眨巴着一双好奇的眼睛，这儿看看，那儿瞧瞧，好像都忘了胡桃夹子的存在。

"这里是果酱林。"胡桃夹子来到玛丽身边，把她飞走的思绪拉了回来，"再走一小段就到都城了，喏，看到了吗？就在那儿。"说着，胡桃夹子指了指前面。

玛丽顺着他手指的方向一瞧，顿时惊呆了！她看见了怎样的景象啊！亲爱的孩子们，都城就静静矗立在眼前那片开满鲜花的原野上，我实在不知该如何向你们描述它的繁华、美丽和辉煌：城墙和塔楼气势雄伟，闪耀着明丽的色彩，就连建筑风格也是世间绝无仅有的，让人过目难忘；另外，这里的建筑也不是那种常见的普通屋顶，而是被精心设计成了王冠的模样，尽显奢华与贵气；塔楼的外部更是别具匠心，装饰着彩色树叶编织的花环，有一种无法言喻的美。

很快，玛丽和胡桃夹子来到都城脚下，准备通过那道纯粹用香甜水果和蛋白杏仁饼干打造的城门。分列两旁的银甲士兵见到玛丽和胡桃夹子，纷纷利落地行起了持枪礼，向他俩致意。随后，一位穿着绸缎衣服的男子走过来，一把搂住胡桃夹子的脖子，激动地说道："尊贵的王子，欢迎欢迎！欢迎您光临糖果城！"

站在一旁的玛丽，目睹年轻的克里斯托夫·德劳瑟迈耶被这位衣着考究的男子亲切拥抱，并且还被尊称为王子，感到相当惊讶。在入城的途中，她发现周围的人有的在细声细语地交流，有的在七嘴八舌地讨论，有的在开怀大笑，还有的在纵情欢歌，高兴地做着游戏。玛丽十分困惑，于是向胡桃夹子请教这是怎么回事。

胡桃夹子听后，微笑着解释："善良尊贵的施塔尔鲍姆小姐，其实，这没什么特殊的含义。您或许不知道，糖果城人口众多，每天都是这么有趣热闹，充满了欢乐。您不要多想，尽管跟着我往前走就行。"

没走多远，他们就来到了都城最大的市集广场，那里建筑林立，人声鼎沸，一派繁荣景象。广场四周分布着各种镂空糖块砌成的精致房子，上面的回廊叠着回廊，不知是哪位能工巧匠的杰作。广场中央耸立着一个高大的塔状空心蛋糕，模样像极了方尖碑！它周围的四个方向分别有一个造型优美的喷泉，此时此刻，正源源不断地向外喷洒各种鲜甜的饮料——橘

子汁、柠檬水……闻起来就感觉口齿生津，让人垂涎欲滴。而喷泉底部的水池里则盛满了稠稠的奶油，散发着浓烈的香味，任谁走过，都禁不住想上前舀一勺尝尝。

不过呢，以上提到的这些都不算什么，真正漂亮和好玩儿的是成千上万个可爱的小人儿。他们比肩继踵，脑袋瓜儿挨着脑袋瓜儿，紧紧地挤在一起，有说话逗乐的，有捧腹大笑的，有唱歌跳舞的，等等。总之，嘈杂喧嚣但无比愉悦的声音传出很远很远，连广场边上的玛丽都听到了，真是太热闹了！那里还有一群男男女女，男的穿着优雅绅士，女的打扮得艳丽动人。他们身份各异，有霸气的军官，有英武的士兵，有纯朴的牧羊人，有严肃的牧师，还有爱搞怪的小丑……而且这些人还是不同人种，亚美尼亚人、希腊人、犹太人以及蒂罗尔人等。用一句话来概括，就是世界上形形色色的人，在这里都可以找到。

另一边的路口更是人潮涌动。突然间，聚集在一起的人流自动向两侧散开，原来是帝国统治者坐着轿子招摇过市，人们在为他让路。这位君主前呼后拥，周围有九十三位朝中大臣和七百多个奴隶随时听候他的差遣，那阵仗可谓相当壮观！与此同时，对面的路口出现了另一支庞大的队伍——渔民行会的五百名会员正在举行盛大的节日游行。糟糕的是，一位土耳其领袖心血来潮，此刻也正率领他的三千近卫军骑着马在这个广场上散步。然而没想到，更更麻烦的事情还在后面，这会儿一支反对祭祀节的游行队伍同样走上了广场，他们一边敲敲打打，大声歌唱"起来呀，感谢威力无穷的太阳"，一边不约而同地拥向那个醒目的塔形蛋糕。很快，几支队伍的人马狭路相逢，挤到了一起。黑压压的人群一眼望不到头，大家你推我我揉你，完全乱成了一锅粥。没过几分钟，里面就传来了痛苦的惨叫声和哀号声。这是怎么回事呢？原来，有个渔民没注意，不小心把一位婆罗门祭司的脑瓜儿碰掉了，还有帝国统治者的轿子也差点儿被一个小丑撞翻。随着喊叫声此起彼伏，场面愈加混乱，人们开始变得疯狂起来，不管三七二十一地横冲直撞，相互撕打。就在事态将进一步扩大，一发不可收拾之时，那个在城门口欢迎胡桃夹子并尊称他为王子的人爬上了塔形蛋糕。只见他当当当使劲儿地敲了三下钟，然后扯着大嗓门喊道："糕点师傅！糕点师傅！糕点师傅！"

顷刻之间，吵嚷声戛然而止，整个广场都安静了下来。小人儿们尽力克制着自己的情绪，几支乱糟糟的队伍迅速恢复了秩序，奴仆已经把帝国统治者沾满泥土的衣服清理得干干净净，婆罗门祭司的脑瓜儿也被重新安到了他的身体上。一眨眼，广场又重新热闹起来，一片祥和，就如同什么骚乱都没有发生过一样。

玛丽看看攒动的人群，又看看胡桃夹子，忍不住问："亲爱的克里斯托夫·德劳瑟迈耶先生，能不能告诉我'糕点师傅'是什么意思？"

"噢，善良尊贵的施塔尔鲍姆小姐，"胡桃夹子顿了顿，尽量用简洁的语言回答道，"在这个地方，'糕点师傅'代表着一种未知且极其可怕的力量。这里的人们深信，那种可怕的力量可以随意摆布他们，把他们变成任何样子。它就像厄运一样悬在头上，随时能控制每一个人，统治着这里的一切。可想而知，大家有多惧怕它。所以，哪怕是发生最严重的骚乱，只要提到这几个字，场面马上就能得到控制，这些我想刚刚那位市长先生已经用他的实际行动证明过了。而且，接下来人们并不会在意尘世间的俗事，比如，自己的肋骨是否被撞了一下，头上是不是肿起了一个大包，等等，与之相反，人们会躬身自省，开始思考另一个问题：'人是什么？会变成什么？'"

这时，玛丽突然发现，不知不觉间面前居然出现了一座富丽堂皇的宫殿！此刻，它通体闪耀着玫瑰色的霞光，而她自己正沐浴其中，仿佛置身于一个美丽的幻境，忍不住连连惊叹。这座宫殿气势恢宏，规模庞大，分布着数百座构思奇巧的亭台楼阁。楼宇与墙垣之间，可见大束大束的鲜花自然地垂吊下来，紫罗兰、水仙、郁金香应有尽有，艳丽浓烈的色彩把白白的城墙映衬得更雅致夺目了。主殿中央的大穹顶和塔楼的金字塔形屋顶上，镶满了数不清的金星星和银星星，它们光芒四射，犹如恒久发亮的迷人眼睛，让人深深着迷。

"现在，我们已经来到了杏仁糖宫殿的前方。"胡桃夹子在一旁补充道。

眼前的一幕太过震撼，玛丽已经完全沉醉其中无法自拔了。不过,她一向心思细腻,还是注意到了一座建筑的不同之处。有座塔楼没有屋顶,上面像是有几个小人儿,站在肉桂树枝搭成的简易脚手架上,看样子应该在进行修复和重建工作。没等玛丽开口询问,胡桃夹子就告诉她说:"不久之前,这座美丽的宫殿差一点儿遭遇灭顶之灾,真的,只差一点儿您就见不到它了。那时,一个爱吃甜食的巨人从这里经过时发现了它,当即两眼放光,几口就把那座塔楼的屋顶吞进了肚子。正当这个可恶的家伙准备继续啃咬主殿的大穹顶时,糖果城的民众及时赶到送来了贡品,您可能难以想象,贡品除了整整一个市区外,还有一大片果酱林。巨

人大快朵颐，把肚子吃得鼓鼓的、美滋滋地离开了，最终这座恢宏的宫殿才得以幸免于难。"

说着说着，玛丽的耳畔忽然传来一阵悠扬美妙的乐声，紧接着，宫殿的大门徐徐打开，从里面走出来十二名可爱的宫廷侍者。他们每个人的小手上都举着一根燃烧着的丁香树枝，如同举着一个个神圣的火把。再一细看，侍者们的脑袋竟然是一颗颗晶莹圆润的珍珠！不仅如此，他们的身体是由红宝石与绿宝石组成的，就连美丽的小脚也是用纯金打造的，总之浑身上下珠光宝气，熠熠生辉。侍者团的后面跟着四位漂亮姑娘，个头儿和玛丽的娃娃克莱尔小姐差不多，但很明显，她们的穿戴打扮更加奢华精致，远非克莱尔小姐能比。玛丽只看了一眼，就马上断定，这四位姑娘是公主，而且她十分确信自己的判断绝不会出错。

接下来，这四位姑娘走到胡桃夹子面前，一一用最温柔的方式拥抱了他，边拥抱还边悲喜交加地说道："噢！我的王子！我的兄弟！我最亲爱的王子！您总算回来了！"

胡桃夹子看上去同样非常激动，不停地用小手擦拭眼角的泪花，待情绪稍微平复，他拉起玛丽的手，满怀激情地向大家介绍道："这位美丽善良的姑娘是玛丽·施塔尔鲍姆小姐，一位可亲可敬的医务顾问的女儿，当然，也是我的救命恩人！我最最需要感谢的人！若不是她急中生智扔出拖鞋，若不是她想尽办法为我寻到那把退役的胸甲骑兵的佩剑，我恐怕早已被可恶的老鼠王咬得粉身碎骨，硬挺挺地躺在坟墓里了！众所周知的皮尔丽帕特，尽管生来就顶着公主的头衔，可是论美貌、论德行、论品性，她有哪一方面能比得上眼前的这位施塔尔鲍姆小姐？任何方面都不能！我认为不能！"

四位公主听后，异口同声地回应道："不能！不能！"她们的情绪似乎比刚才还要激动。随后，她们一起紧紧抱住玛丽，哽咽着表达自己的谢意："啊！善良的施塔尔鲍姆小姐！您就是我们王子兄弟尊贵的救命恩人！实在太感谢您了！"

说完，四位公主簇拥着玛丽和胡桃夹子走进富丽堂皇的宫殿，一起来到了窗明几净的大厅。大厅十分宽敞，四周的墙壁上镶满了闪闪亮亮的彩色水晶，散发着璀璨的光芒。大厅里面摆放着许许多多精巧玲珑的小椅子、小桌子、小写字台和小梳妆台，它们全都是用香柏木和带有洒金纹路的巴西红木打造的，看上去可爱极了。玛丽一眼就喜欢上了这些小家具，恨不得马上去摸一摸。

四位公主先是面带微笑，礼貌地请玛丽和胡桃夹子就座，然后温柔地宣布，她们将亲自下厨，设宴欢迎和款待远道而来的客人。

很快，四位公主派仆人取来了各种上好的餐具厨具，有锅、碗、瓷盘、刀叉、平底锅以及其他一系列的东西，还让人拿来了许多鲜美的水果和甜甜的糖果，有不少玛丽从来都没有见过，简直看得她眼花缭乱。一切准备妥当后，公主们立即开始行动！她们用雪白的小手优雅地压挤果汁，捶捣香料，磨碾甜杏仁……简单来说，就是现场展示自己娴熟的厨艺，让玛丽瞧瞧她们是怎么把一道道美食制作出来的。

公主们在一边忙忙碌碌，玛丽的心里却直痒痒："下厨这种事情，其实我也很擅长，要是能加入她们该多好哇！"

胡桃夹子的四位姐妹中，最漂亮的那位公主像是猜透了玛丽的心思，递给她一个小小的金研钵，说："亲爱的客人，我兄弟最尊贵的救命恩人，请您试着用它把这些冰糖磨成细粉吧。"

玛丽闻言莞尔一笑，乐呵呵地磨起了冰糖。研钵在她手中飞速摆动，发出清脆悦耳的声响，动人的"旋律"犹如月夜小曲一般优美。这时，胡桃夹子打开了话匣子，开始滔滔不绝地讲述那天夜里他跟老鼠王之间的殊死之战，讲那场对决是何等凶险，讲他的军队怎么因部下的胆怯而全面溃败，讲凶残的老鼠王如何试图把他撕咬成碎片，讲玛丽为了救他不顾一切，怎么牺牲了自己心爱的人偶和糖果，等等。

　　时间一分一秒地流逝，玛丽就这么听胡桃夹子讲啊讲啊，渐渐地，她感觉他的声音越飘越远，越来越模糊，就连自己捣研钵的声音似乎也听不太清了。没过一会儿，玛丽看到一片薄薄的白色的轻纱，像缥缈的云雾般缓缓地升高，宫廷侍者、四位公主、胡桃夹子以及自己全都被托了起来。似梦似醒间，她好像还听到一个从未出现过的声音在轻轻歌唱，只是伴随着隐约的嗡嗡声和呼呼声，那声音最终消失在了远方。之后，玛丽感觉自己仿佛被不断高涨的波浪托着，越升越高、越升越高、越升越高……

第十四章
结尾

不知怎的,升着升着,玛丽突然从半空急速下坠,嗖!一阵猛烈的震动过后,她砰的一下狠狠摔到了地上。下一秒,玛丽就睁开了眼睛。她犹疑地看了看四周,这才发现自己正盖着被子,躺在自己的小床上。再一看外面,天已大亮,明显是白天了。这时，妈妈走了过来，"宝贝，你怎么睡到现在才醒啊？早饭都要凉啦！来，快起床吧。"

各位可爱的、聚精会神听我讲故事的听众，或许你已经猜到了：玛丽看到那些奇妙景象，目睹许多新鲜事物后，迷迷糊糊地在杏仁糖宫殿的大厅里面睡着了，是那些小黑人、宫廷侍者，或者四位漂亮的公主亲自把她抬回了家，放到了她那张舒服的小床上，而她睡得太沉了，对此毫不知情。

"妈妈，我最亲爱的妈妈，您不知道，昨天夜里，年轻的克里斯托夫·德劳瑟迈耶先生带着我四处游览，去了

好多好多好玩儿的地方，看到了许多许多美妙的事物！真是太有趣了！"玛丽一醒来，就把之前我所讲的那些一五一十地全都告诉了妈妈，几乎没落下任何细节。妈妈听了一脸惊愕，等玛丽讲完，她忧心忡忡地说："亲爱的玛丽宝贝，看来你做了一个又长又美的梦，听妈妈一句劝，你还是把这一切都忘掉吧！"

但玛丽坚持认为一切都是她亲眼所见，肯定是真实发生过的，并不是梦境。妈妈见状，把她带到玻璃橱柜前，从第三层里面把站在那里的胡桃夹子拿了出来，"傻丫头，你怎么能相信这个来自纽伦堡的木偶能自由走动，是活的呢？这太荒谬了！听妈妈的话，别再胡思乱想了！"

谁知，玛丽眉头紧蹙，打断妈妈说道："啊！亲爱的妈妈，我不知该怎么向您解释，但我十分确信，这个胡桃夹子就是来自纽伦堡的年轻人克里斯托夫·德劳瑟迈耶，也就是德劳瑟迈耶教父的那位侄子。您相信我！我说的都是真的。"

这时，施塔尔鲍姆先生走到了她们身边。听了玛丽的话，施塔尔鲍姆夫妇禁不住同时大笑起来。

"哎呀，你们为什么就是不相信我呢？"玛丽看他们笑得前仰后合，急得都快哭了，"亲爱的爸爸，您现在是在嘲笑我的胡桃夹子吗？要知道，我们在杏仁糖宫殿的时候，他可是对众人说尽了您的好话。他把我介绍给自己的姐妹，也就是那些公主时，还一直称赞您德高望重，是位了不起的医务顾问呢！"

结果，一番话说完，大家笑得更厉害了，甚至就连一旁的露易丝和弗里茨也跟着笑了起来。玛丽又急又恼，不知该怎么办，突然，她想到了什么，一路小跑回到自己的房间，从小箱子里面把老鼠王的七顶王冠取出来，拿到了妈妈面前，说："亲爱的妈妈，您请看，这是老鼠王的那七顶王冠，昨天晚上，年轻的克里斯托夫·德劳瑟迈耶将它送给了我，他还告诉我说，这是他打败老鼠王获得胜利的标志。"

施塔尔鲍姆夫人仔细打量着这七顶王冠，脸上满是惊讶之色。虽然她并不清楚王冠是用什么金属打造的，但它一直在闪闪发光，做工简直精巧到了极点，即便是见过再多宝物的人也会被它牢牢吸引住目光。医务顾问施塔尔鲍姆先生同样被震撼了，忍不住上上下下反复端详了好几遍，就像看不够似的。过了一会儿，施塔尔鲍姆夫妇总算回过神来了，于是一起严肃地追问玛丽："你对我们讲实话，这些小王冠到底是从哪里弄来的？"

玛丽没办法，只能一再重复之前说的话。然而，他们无论如何也不相信那是真的，爸爸甚至因此大发脾气，训斥玛丽说谎，骂她是个小骗子。玛丽委屈极了，忍不住哇哇大哭："啊！我怎么这么可怜！为什么我这么可怜呢？好吧，我说什么你们都不相信！那你们到底要我讲什么呢？呜呜……"

正说着，房门一下被推开了，原来是德劳瑟迈耶教父来了。他看到玛丽泪眼婆娑，一副委屈的模样，边往里走边关心地问："我亲爱的小玛丽怎么啦？为什么哭得这么伤心？发生什么事了？"

施塔尔鲍姆先生无奈地摇了摇头，接着又深深地叹了口气，然后才把刚刚发生的一切告诉了德劳瑟迈耶教父，说着还把老鼠王的那七顶小王冠拿给他看。谁知，德劳瑟迈耶教父仅瞧了一眼就哈哈大笑，大声道："乱说！乱说！简直太荒谬了！你们不会不记得了吧？这个东西之前一直被我挂在怀表链上当小装饰，后来，玛丽两岁时我特意送给她做生日礼物了！""难道你们就真的一点儿印象也没有吗？"德劳瑟迈耶教父顿了顿，再次追问。

施塔尔鲍姆夫妇你看看我我看看你，不由得面面相觑，一头雾水，是的，他们谁都不记得有这么一回事。站在一旁的玛丽发现爸爸妈妈的脸色渐渐缓和了，马上冲到德劳瑟迈耶教父身边，扑到他怀里，高声说："啊！尊敬的德劳瑟迈耶教父！您可是了解全部情况的人，现在最有发言权！那么您来亲自告诉大家吧，我心爱的胡桃夹子是您的侄子，也就是那位来自纽伦堡的年轻人克里斯托夫·德劳瑟迈耶先生！那些小王冠就是他送给我的！"

然而，令玛丽没有想到的是，德劳瑟迈耶教父听了这番话后非但没有替她澄清事实，反而脸色一沉，不高兴地嘟囔："小丫头，你在说什么天真而愚蠢的傻话！"接着他抱起玛丽，又严肃地叮嘱道："玛丽，听着，从此刻起，你要把脑子里那些稀奇古怪的想法通通忘掉，别再胡闹了！倘若你再胡言乱语，说那个呆头呆脑、身体畸形的胡桃夹子是我高等法院顾问的亲侄子，我就把胡桃夹子扔到窗外去！不只是他，你的那些玩偶，包括克莱尔小姐都会被扔出去！所以，千万别胡思乱想了，明白吗？"

如此一来，可怜的小玛丽再也不能提有关胡桃夹子的事情了。但毫无疑问，玛丽的脑海和内心早已被自己和胡桃夹子的奇妙经历牢牢占据，几乎容纳不下其他东西了。当然，你们应该能想象得到，玛丽是绝对忘不了那些富丽堂皇的宫殿，以及生活在那里的可爱的人们的。

尊敬的读者朋友或者听众朋友，请思考一下，即便玛丽还想和哥哥弗里茨·施塔尔鲍姆分享她的奇妙经历，继续讲述那个充满趣

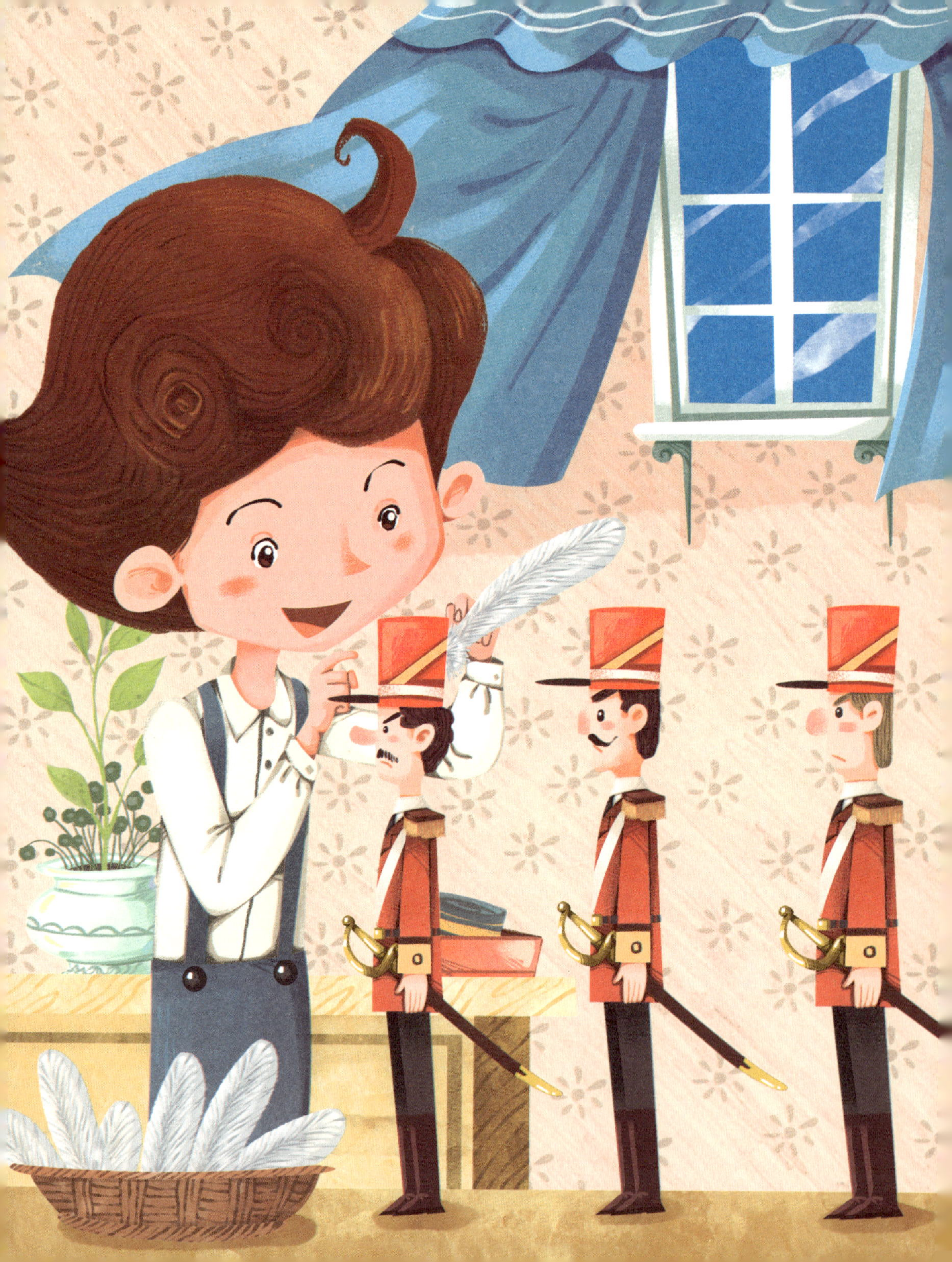

味的神秘王国，弗里茨也没兴致听了。甚至玛丽一提起这个话题，弗里茨就有可能会立刻转身走掉，对她毫不理睬，没准有时还会嘀嘀咕咕，从牙缝里挤出一句："愚蠢！真是头脑简单的家伙！"不过，弗里茨向来比较善良，表现不错，我感觉他应该不会这么说的，但有一点十分确定，那就是玛丽给他讲的任何事情他都不愿意再相信了。

这之后，在一次检阅军队的仪式上，弗里茨不仅向那些蒙受"冤屈"的匈牙利轻骑兵道了歉，还给他们颁发了全新的帽徽——一

根更长、更漂亮、更高级的鹅毛。此外，他还郑重宣布，以后他们可以重新吹奏《匈牙利轻骑兵进行曲》了！其实，我们最清楚不过了，这些匈牙利轻骑兵在被那群可恶的老鼠围攻时，看到自己帅气的红色制服被臭烘烘的小弹丸弄得脏污不堪时，该有多么伤心！

现在，虽然可爱的小玛丽被下了"禁令"，不能再提那些奇妙有趣的经历了，可是那个神秘的仙女王国始终镌刻在她的脑海里，萦绕在她左右，潺潺的流水声和小人儿们的欢声笑语时常回响在她的耳畔。每次她只要稍微凝思冥想，就会重新见到那些美好的场景。玛丽变了，不再像过去那样活泼好动又爱玩了，总喜欢一个人静静地坐在某处发呆，而且一坐就是很长时间。于是，所有人都说她变成了一个"小梦想家"。

不久后的一天，发生了一件事：这天，施塔尔鲍姆家的钟表突然坏了，请高等法院顾问德劳瑟迈耶教父来帮忙修理。当时，玛丽正坐在玻璃橱柜前，默默地盯着胡桃夹子冥思，仿佛进入了另一个世界。谁料，坐着坐着，她突然开始自言自语起来："唉！亲爱的克里斯托夫·德劳瑟迈耶先生，若是您真的活着，我绝不会像皮尔丽帕特公主那样无礼地对待您，瞧不起您，因为您之所以失去俊美的容貌全都是她导致的，老实说，我甚至有点儿鄙视她。"

德劳瑟迈耶教父听到了，顿时一惊，忍不住大声喊道："天哪！真是胡闹！玛丽又在说傻话了！"然而话音未落，只听扑通一声，玛丽忽地从椅子上摔下来跌倒在地，瞬间就失去了知觉。

时间悄悄流逝，玛丽晕乎乎地睁开双眼，发现妈妈正在床边照顾自己，一副手忙脚乱的样子。瞧见宝贝女儿终于醒了，施塔尔鲍姆夫人长舒一口气，说："都这么大的姑娘了，怎么还会从椅子上摔下来呢？太叫人担心了！噢，对了，这是德劳瑟迈耶教父的侄子，才刚从纽伦堡回来，认识一下吧。不过，你可要乖乖的呀！"

玛丽闻言，轻轻地抬起头，先看到了笑眯眯的穿着黄色外套的德劳瑟迈耶教父，他头上戴着那顶标志性的玻璃丝假发。再一瞧，德劳瑟迈耶教父手里还牵着一个小伙子！小伙子不算高，但看起来体态匀称十分健康，一张小脸白里透红，甚是可人。玛丽眼光流转，开始细细打量对方：他上身穿着一件华丽的绣着金边的红色外套；胸前别着一小束典雅的花；下身是白色长袜和白鞋，显得干净利落；头发一看就精心打理过，上面扑了粉；背后垂着的那条辫子精致又漂亮，十分引人注目；腰间挂着一把小佩剑，嵌满了发光的宝石，熠熠生辉；腋下夹着一顶丝绒料的礼帽。

很快，这位帅气儒雅的年轻人就显示出了自己的知书达礼，他

送给玛丽许多许多漂亮的礼物,其中就包括玛丽最爱吃的杏仁糖,以及老鼠王毁掉的那些橡皮糖人偶,而且他还给弗里茨带了礼物,投其所好地送了一把很漂亮锋利的佩剑。大家一起用餐的时候,他也表现得彬彬有礼,亲自为每个人服务,帮助他们嗑咬坚

果。他嗑咬坚果的技术实在是太棒了，即便再硬的坚果也难不住他，只见他用右手把坚果塞进嘴里，然后左手猛地一拽脑后的辫子，坚果壳立刻会咔嚓一下碎掉。

玛丽每每看向这位年轻人时，都会脸颊红得发烫，心跳加快，害羞不已。饭后，当年轻的克里斯托夫·德劳瑟迈耶邀请她一起去客厅的玻璃橱柜前时，她更是眼神闪躲，紧张得不知所措，以至于脸颊更红了，宛如雨后黄昏时刻浮现的艳丽云霞。

"可爱的孩子们，你们可以尽情地玩儿了！我把所有的钟表都修好了，放心吧，它们会准点报时的，所以，现在你们干什么我都不会反对的！"德劳瑟迈耶教父的声音洪亮，传遍了客厅的每一个角落。

当四周无人，就剩玛丽和年轻的克里斯托夫·德劳瑟迈耶以后，他立刻弯腰行礼单膝下跪，深情款款地说："啊！我最最高贵的施塔尔鲍姆小姐，请您瞧瞧眼前无比幸福的克里斯托夫·德劳瑟迈耶吧！当初就是在这里，您不顾自己的安危救了他的性命！您还曾站在这里温柔且坚定地说，倘若我是因为您变得丑陋不堪，您绝对不会像皮尔丽帕特公主那样冷酷地对待我，更不会像她那样鄙视我！您或许不知道，从那一刻起，我不再是令人厌弃的可怜的胡桃夹子，而是恢复了以前的相貌，事实上，以前的我看起来也并非不可爱。善良的小姐呀！请您允许，让我和您一起分享我的王国和王冠，同您一起管理宏伟的杏仁糖宫殿吧，因为我现在已经是那里的国王了！"

玛丽闻言，微微弯腰扶起年轻人，轻轻地回答："亲爱的克里斯托夫·德劳瑟迈耶先生，您纯真善良，德行出众，是个难得的好人。另外，您现在统领的国度山川秀美，遍布如画的风景，而且那里民风淳朴，人们真诚又快乐，所以……所以我愿意让您做我的未婚夫！我答应您！"说完，玛丽露出了羞涩的笑容。

岁月如白驹过隙，一晃而过。一年后，人们传言，年轻的克里斯托夫·德劳瑟迈耶亲自驾着一辆银白色的宝马拉着的黄金车款款而来，迎娶玛丽。

据说，他们的婚礼相当盛大，有两万两千位小人儿载歌载舞，欢乐助兴。小人儿们个个珠光宝气，佩戴着耀眼的珍珠和钻石配饰。时至今日，玛丽依然是那个神秘王国最尊贵的王后，在那里，人们可以见到璀璨华美的圣诞树，巧夺天工、晶莹剔透的杏仁糖宫殿……总之，那里藏着世间最奇妙、最令人叹为观止的事物，可以说应有尽有，只要你拥有一双慧眼，那么就肯定能看到。

胡桃夹子和老鼠王的故事到这里就结束了……

图书在版编目（CIP）数据

胡桃夹子 /（德）E.T.A.霍夫曼著；欣然编译；豆豆鱼绘. -- 北京：科学普及出版社，2025.4. --（国际大奖儿童文学）. -- ISBN 978-7-110-10856-7

Ⅰ.I516.88

中国国家版本馆CIP数据核字第20248P1J20号

总 策 划	周少敏
策划编辑	邓　文　林　然
责任编辑	林　然
封面设计	书心瞬意
版式设计	翰墨漫童
责任校对	邓雪梅
责任印制	徐　飞

出　　版	科学普及出版社
发　　行	中国科学技术出版社有限公司
地　　址	北京市海淀区中关村南大街 16 号
邮　　编	100081
发行电话	010-62173865
传　　真	010-62173081
网　　址	http://www.cspbooks.com.cn

开　　本	720mm×880mm　1/16
字　　数	102 千字
印　　张	11
版　　次	2025 年 4 月第 1 版
印　　次	2025 年 4 月第 1 次印刷
印　　刷	鸿鹄（唐山）印务有限公司
书　　号	ISBN 978-7-110-10856-7/I·771
定　　价	58.00 元

（凡购买本社图书，如有缺页、倒页、脱页者，本社销售中心负责调换）